KB211994

수필을 위한

반성문

수필을 위한 반성문

이대범 지음

북스힐

■ 서문

수필은 아무나 쓰는 글이 아니다

은사들과 고등학교 『작문』 교과서와 『문학』 교과서를 집필할 때다. 준비 작업의 일환으로 앞서 출판된 중·고등학교 교재에 실린 문학 작품 목록을 작성하고 게재 빈도를 조사했었다. 그리고 빈도가 높은 작품부터 차례로 읽어나갔다. 대장정이었다. 오래전부터 계획했던 터라 마치 밀린 숙제를 해결한 것처럼 홀가분하고 뿌듯했다. 시나 수필에 비해 소설이 빈약하다는 느낌을 받았다. 언젠가는 교재에 실릴 수 있는 소설다운 소설을 써 보리라 다짐했었다. 깜냥도 모르고 기개만 높았었다.

평생 글과 함께 살아왔는데도 늘 허전하다. 아직 글다운 글을 써보지 못했다는 자괴감 때문이다. 더 늦기 전에 좋은 글을 써야 한다는 가위눌림 때문이다. 종심을 바라보는 나이에도 쌀쌀한 바람이 불어오면 아직도 가슴이 설렌다. 언젠가는 좋은 소식이 있을 거라는 기대를 저버리지 않고 이곳저곳 신춘문예나 신인문학상 공모에 소설을 보냈다. 아직 선택받지 못했다.

소설이 안 되면 수필이라도 써보겠다는 심사로 몇 편을 썼는데 내가 봐도 신통치 않았다. 마음을 비웠다. 영화를 감상하고 남겨놓은 메모와 소설을 읽고 시비조로 끄적거린 글이 제법 쌓였다. 또 지병이 도졌다. 글을 써야만 할 것 같았다. 절박하지는 않았지만 나름 간절한 마음으로 서른 편 정도의 수필을 쓰고, 게 중에 몇 편을 골라 모 월간지에 보냈는데 낭보가 날아들었다. 그렇게 수필가가 됐다.

수필을 위한 반성문

지방지에 등단을 알리는 기사가 실리고 나서 사방에서 분에 넘치는 축하를 받았다. 우쭐했다. 이제는 붓을 막 휘두를 수 있을 것 같았다. 그런데 그게 아니었다. 글을 쓰기가 더 어려워졌다. 고해하는 심정으로 수필을 다시 생각했다. 부단한 자기 성찰과 대상을 숙고하는 자세가 요구되는 글, 숙성된 지혜 없이 글재주만으로는 쓸 수 없는 글, 짜내서 쓰는 글이 아니라 사유가 흘러넘쳐 여백을 조용히 채우는 글이 수필임을 알았다. 또 기다림이 끝날 무렵 비로소 붓을 들 수 있는 글이 수필임을 알았다.

책을 내면서 많은 사람들에게 신세를 졌다. 나보다 내 글을 더 좋아하는 아내가 첫 독자로서 읽는 수고를 아끼지 않았다. 고마울 따름이다. 거친 글을 다듬고 멋지게 때깔을 내준 이효숙·박탄 선생께 감사드린다. 언젠가는 대박을 터뜨려드리겠다고 허풍만 떨고 약속을 지키지 못한 내 원고를 흔쾌히 받아주신 북스힐 조승식 사장님께 큰 감사를 드린다. 끝으로 주머니 가벼

수필은 아무나 쓰는 글이 아니다

운 새내기 작가에게 큰 힘을 보태준 강원문화재단에도
감사드린다.

이대범

■ 차례

제3부 수필의 경계를 넘어

수필을 위한 반성문

제1부 수필을 위한 반성문

수필을 위한 반성문 1

- 수필 쓰기, 그 난감한 과제에 대한 추억

매체 환경이 변화하면서 중소도시의 많은 서점들이 사라졌다. 세상이 다 바뀌는데 서점이라고 별수가 있 겠냐마는 문화공간이 사라지는 것은 가슴 아픈 일이다. 그나마 중고서점이 있어 다행으로 여겼었는데 그마저 도 하나둘씩 문을 닫고 이제 두어 곳이 남아 겨우 명 맥을 유지하고 있다.

대학 초년생 시절 선배들을 따라 청계천 고서점을 찾는 일을 낙으로 삼았던 적이 있다. 형편이 넉넉하지

않아 직행열차는 엄두도 못 내고 늘 완행열차를 이용
했다. 가고 오는 데만 다섯 시간쯤 걸리던 시절이었다.
학문에 뜻이 있었던 건 아니고, 돌아와서 중앙시장 뒷
골목에서 선배들이 사주는 순댓국과 막걸리에 낚여 열
심히 따라 다녔다. 서당 개 삼 년이면 풍월을 읊는다
고, 두어 해를 따라 다녔더니 나름 안목이 생겼다. 서
점 바닥에 쌓아 놓은 책더미 속에서 표지 색이 바랬거
나 귀퉁이에 좀이 슨 책을 골라 살피다가 전공 관련
희귀본 서적을 발견하면 보물이라도 손에 넣은 듯이
기뻤다. 그렇게 모은 책을 축제 기간에 희귀도서전에
출품하고 으스대기도 했다. 1980년대 중반 영인본 발
간 붐이 한창일 때 꽤 이름 있는 출판사 직원이 내 소
장본 책을 빌려 간 뒤로 연락을 끊어 속을 끓이기도
했다.
　뭐든 진득하게 하는 성품이 아니어서 희귀본 책을
모으는 취미도 곧 시들해졌다. 공부도 하지 않으면서
책을 모으는 일이 부질없게 여겨졌다. 대신 습관처럼
시내에 있는 중고서점을 가끔 들르곤 했다. 관공서에
서 간행한 연감이나 자료집, 신간이나 다름없는 중고

서적을 구하는 소소한 즐거움과 반갑게 맞으면서 믹스 커피를 건네는 여사장님의 친근함이 좋았다. 더해서 손때 묻은 책을 뒤적이며 남긴 메모나 밑줄 친 흔적을 통해 원 주인의 삶을 엿보는 관음적인 재미도 쏠쏠했다. 중고서점은 내 젊은 날의 추억이 배어있는 공간이다. 그런 중고서점이 사라지니 아쉽기만 하다.

우연히 중고서점에 들렀다가 민망한 일을 겪었다. 세상에 태어나 처음으로 쓴 내 수필이 실린 은사의 회갑기념문집이, 한 권도 아니고 세 권씩이나, 서가도 아닌 매장 바닥에 뒹굴고 있는 것이 아닌가. 주변을 살펴보니 알 만한 교수들의 회갑기념논문집과 정년퇴임기념논문집들도 관공서나 지역 신문사에서 출판한 홍보물이나 자료집, 지역 정치인들이 선거 운동용으로 발간한 저서들과 뒤섞여 쌓여 있었다. 게 중에는 책을 받는 이의 이름과 준 이의 헌사와 서명이 적힌 간지도 그대로 남아있어 민망했다. 주인에게 물으니 사는 사람도 없고 공간만 차지해서 고물상에 폐휴지로 처분할 참이란다. 권당 천 원씩 책값을 치르고 기념문집을 샀다. 검은 비닐봉지에 책을 넣으면서 주인이 같은 책을 한 권도 아니고 세 권씩이나 사는 까닭을 물었다. 웃으면서 '그냥이요'하며 알쏭달쏭한 말을 남기고 서점을 나섰다.

이제는 옛일이 되었지만 지난날 교수들은 회갑기념논문집이나 퇴임기념논문집을 당연히 만드는 것으로 여겼었다. 그 시절에는 남들이 다 만드는 기념논문집을 못 내면 체면이 말이 아니었다. 그래서 회갑이나 정년이 다가오면 제자들을 불러 은근히 압력(?)을 넣는 스승들도 있었다.

여러 사람 글을 받아 책을 만드는 일은 품이 많이 들고 여간 귀찮은 일이 아니다. 그나마 부시런히 글품을 팔았던 스승을 모신 제자들은 논문 청탁이 수월했지만 게으른 스승을 둔 제자들은 난감할 수밖에 없다. 스승들 사이에는 논문집의 두께와 화려함으로 은근히 세를 과시하려는 경향도 있었다. 상황이 그렇다 보니 나중에 발간되는 기념논문집일수록 더 두꺼워지고 더 화려해졌다. 강사나 대학원 제자들로 구성된 간

행위원회의 목표는 딱 하나, '더 두껍게, 더 화려하게!'
일 수밖에 없다.

간행위원회는 스승이 남긴 글을 빠짐없이 모으고,
논문 청탁하고, 축하하는 글도 최대한 많이 받고, 때깔
을 낼 권위 있는 시인의 축시와 서예가의 글씨와 유명
화가의 그림도 부탁하는 등 두께를 더하기 위해 최선
을 다한다. 그렇게 하여 손에 잡히지도 않을 정도로
두껍게 만들었다. 아예 스승의 논문·스승의 동료들
논문·제자들의 논문을 따로 묶어 여러 권으로 내는
경우도 적지 않았다.

그 무렵 기념논문집에 게재한 논문은 교수의 연구실
적 평가에서 실적으로 인정하지 않는 분위기였다. 그
러다 보니 기념논문집에 실린 논문들은 이미 다른 지
면에 발표했던 논문이 다수였고, 논문 제목에 별표를
하고 '본 논문은 완성한 논문이 아니어서 인용을 금함'
이라는 각주를 단 초고 상태의 논문도 허다했다. 가끔
은 체면 때문에 안 낼 수는 없고, 시간이 없어 서둔
탓인지 각주와 참고문헌을 생략한 논문도 있었다. 논
문집은 학술적 가치가 생명인데 기념논문집에서 학술

적 가치를 기대할 만한 논문은 많지 않았다. 두텁고 화려한 논문집을 받아든 스승들은 흐뭇했을지 모르겠으나 학술적 가치가 적은 논문집 만들기에 공력을 쏟아야 했던 제자들 심경은 어땠을까 궁금하다.

　작가였던 스승 한 분이 회갑논문집 대신 기념문집을 내겠다고 했다. 내가 수필에 입문하게 된 계기다. 동료 교수나 제자들에게 수필 두 편씩 제출하라는 엄명(?)이 떨어졌다. 논문집이라면 심사과정을 거치는 것이 아니라서 보고서 수준을 겨우 면한 함량 미달의 논문으로라도 체면치레를 하겠지만 수필이라니. 곤혹스러웠다. 나만 그런 게 아니라 모두들 당황하는 눈치였다. 난감한 과제를 해결하기 위해 인터넷 검색도 하고, 내로라하는 수필가들이 펴낸 수필 작법과 관련한 책들을 열독했지만 점점 미궁으로 빠져드는 느낌이 들었다. 이양하나 피천득 작가들의 명작 수필을 읽으면 도움이 될까 해서 꼼꼼히 읽었지만 받은 감동이 오히려 부담이 되어 두려움만 커졌다. 붓 가는 대로 쓰는 글이 수필이라지만 글을 쓰면서 붓에 온전히 나를 맡길 수 있는 사람이 몇이나 되겠는가. 글의 속성상 글쓴이의 내밀한 속내를 내보이는 글이 수필인데 눈같이 흰 사람이 아니고서야 수필을 쉽게 쓴다는 건 애당초 어려운 일이다. 시작도 못한 채 마감일을 넘기고 말았다. 득달같이 독촉장이 날아왔다.

더 미룰 수도 없는 절체절명의 순간에 내가 제일 잘 알고 잘 하는 일을 떠올렸다. '술'과 '아버지(흉보기)'였다. 나흘을 오직 술과 아버지에 관한 기억만을 떠올리고 소회를 덧붙이며 메모를 했다. 그리고는 이틀 동안 두문불출하고 수필 두 편을 썼다. 아니, 만들었다. 「웃기는 짬뽕」과 「아버지의 연설」. 내가 처음 쓴 수필 제목들이다.

지천명의 나이를 바라보던 그 무렵, 나는 소문난 술꾼으로 아내를 힘들게 했다. 강호의 술꾼들이 도전해 오면 마다하지 않고 맞짱을 떴고, 술상에 코를 박고 쓰러진 상대를 지긋이 내려다보며 승리감에 취해 비틀거리며 귀가하곤 했었다. 숙취의 고통과 술자리에서 만난 사람들과 나눴던 잡담이 글의 밑천이 될 줄이야.

이제는 고인이 되었지만 끝내 화해하지 못했던 아버지와의 갈등과 애증의 편력들이 내 수필의 자양이 될 줄은 몰랐다.

내가 겪은 일을 일기 쓰듯 쓰자고, 꾸미지 말고 추한 것은 추한 대로 부끄러운 것도 부끄러운 대로 솔직하게 쓰자고, 상 받자고 쓰는 글도 아닌데 마음 비우자고 생각하니 마음이 한결 가벼웠다. 그리고 기념논문집이나 기념문집 따위를 읽을 한가한 사람이 몇이나 되겠냐며 스스로 위안을 삼으니 두 편이 아니라 몇 편도 더 쓸 수 있을 것 같았다. 남들이 재교를 볼 때가 돼서야 끼워 넣기 방식으로 숙제를 해결하고 발걸음도 가볍게 술집으로 향했었다.

기념문집이 세상에 나온 뒤로 스승님과 가까운 몇몇 작가들이 당장 등단시켜 주겠다며 글을 써서 보내라고 부추겼지만 글 쓰는 고통을 아는지라 귓등으로 흘려 넘겼다.

이순을 훌쩍 넘긴 나이에 수필가로 등단하고 나니 그때 기억들이 새롭다. 단편 소설로 몇 차례 공모에 응모했다가 떨어진 후로는 글쓰기를 접고 읽는 일에

제1부 수필을 위한 반성문

몰두했다. 가진 건 시간뿐인 백수 처지가 책 읽는 데는 도움이 됐다. 학생들에게 '책은 읽지 않으면 폐휴지나 다름없다'며 꼰대 같은 소리를 하면서도 정작 나는 책을 사는 데는 열심이었지만 읽는 데는 게을렀다. 지난날 시간에 쫓겨 대강 읽었던 책들을 찾아 밑줄도 치고 공책에 따로 메모도 하면서 꼼꼼하게 읽었다. 발췌독을 했다고는 하지만 실상은 서론과 결론만 읽었던 책들을 쌓아놓고 탐독했다. 삼년 쯤 지나 그동안 끄적거린 독후감 비슷한 글과 영화를 감상하고 적어놓은 메모를 뒤적이다가 문득 글을 쓰고 싶어졌다. 그렇게 쓴 글 서른 편 가운데 마음에 드는 몇 편을 골라 모 월간지 신인문학상 수필 부문에 응모했는데 덜컥 당선돼 등단을 했다. 스승을 원망하면서 밤을 새워가며 고통스럽게 수필을 썼던 경험이 큰 자산이 되었나 보다. 뒤늦게나마 스승께 고개를 숙인다.

낭보를 접하고 아내가 나보다 더 기뻐했지만 작가가 됐다는 자부심은 그리 오래 가지 않았다. 이제 작가다운 글을 쓰겠다며 다짐했지만 글을 쓸 수가 없다. 써

놓은 글마다 성에 차지 않았다. 힘이 바짝 들어가 골은 못 넣고 똥볼만 차는 형국이다. 작가 생활을 시작도 하기 전에 슬럼프에 빠진 느낌이다. 작가라는 직함과 욕심을 내려놓아야 할 것 같다. 숙취에는 가장 좋은 약이 시간이다. 시간이 지나야 고통이 사라지고 머리도 맑아진다. 글쓰기도 마찬가지인 것 같다. 부지런히 읽고 생각을 다듬다 보면 다시 글을 쓸 수 있을 것을 기대하며 서두르지 않겠다. 아무튼 수필 쓰기 과제를 부여하여 글쓰기의 고통스러움을 일찍이 일깨워 주신 스승님께 감사드린다.

웃기는 짬뽕

한때 이름도 생소한 '황신혜 밴드'라는 보컬 그룹이 등장한 적이 있다. 그네들의 말대로라면 황신혜와 전혀 관계없는 '황신혜 밴드'는 충격적인 가사와 색다른 창법으로 장안의 화젯거리가 됐었다.

'황신혜 밴드'의 곡 중에 제법 방송을 탄 「짬뽕」이라는 노래가 있다. 가사를 적어 보면 다음과 같다.

그대여~ 그대여~ 비가 내려 외로운 날에는 그대

여~ 짬뽕을 먹자!

그대는 삼선 짬뽕, 나는 나는 곱빼기 짬뽕!

바람 불어 외로운 날에 우리 함께 짬뽕을 먹자!

쫄깃한 면발은 우리 사랑 엮어 주고 얼큰한 국물은 우하하하하~

짬뽕 짬뽕 짬뽕 짬뽕이~ 좋아! (이하 생략)'

가사 내용대로라면 짬뽕은 외로울 때 먹는 음식이다. 그리고 사랑을 엮어 주는 음식이기도 하다. 또 자기 취향대로 골라 먹는 음식이며, 혼자서가 아니라 함께 먹는 음식이다. 이쯤 되면 짬뽕은 꽤나 괜찮은 음식이다.

사전을 찾아보면 짬뽕은 '중국 음식의 하나. 국수에 각종 해물과 야채를 섞어서 볶아, 돼지뼈나 쇠뼈, 닭뼈를 우린 국물을 부은 것'이라고 풀이되어 있다. 이 정도라면 짬뽕은 맛도 영양도 양호한 음식인 셈이다. 중국 사람들도 즐겨 먹는지는 잘 모르겠으나 짬뽕은 중국집 메뉴판에 초마면(炒碼麵)이란 이름으로 올라있다.

실제로 짬뽕은 우리나라 사람들이 즐겨 먹는 음식 중의 하나다. 짬뽕은 우선 가격이 만만하다. 어쩌다 친구들이나 후배들에게 점심을 낼 일이 생겨도 주머니 속의 지갑을 만지작거릴 필요가 없다. 호기 있게 '우리 짬뽕 먹지!'하고 외치면 된다.

그뿐만 아니라 짬뽕은 음식점에 따라 맛의 차이가 큰 비싼 음식과는 달리, 어느 집에서 시켜 먹어도 맛이 비슷하기 때문에 부담 없이 먹을 수 있는 음식이다. 그래서 여럿이 함께 음식을 먹을 때 식성이 까탈스러운 사람도 웬만하면 대충 먹어주는 음식이 짬뽕이다.

술꾼들에게 짬뽕은 여간 고마운 음식이 아니다. 아내가 끓여주는 북엇국 따윈 아예 기대도 할 수 없는 나 같은 사람들에게 짬뽕은 복음과도 같은 음식이다. 아침부터 영업하는 중국 음식점이 없어서 점심때까지 기다려야 하는 불편만 없다면 짬뽕은 나무랄 데 없는 음식이다. 짬뽕 그릇을 두 손으로 받쳐 들고 얼큰한 국물을 후후 불어가며 마시다 보면 이마에 땀이, 아니 술이 송글송글 맺히고, 이내 머리가 맑아지면서 어느

새 염치없게도 한 잔 생각이 또 솟는다. 히포크라테스의 후예들은 해장술이 몸에 제일 나쁘다고 엄포를 놓지만, 그런 엄포 따위에 겁먹을 술꾼은 없다.

이런 짬뽕 앞에 '웃기는'이란 수식어를 붙여 사람들은 '웃기는 짬뽕'이란 말을 곧잘 쓴다. 음식이, 그것도 짬뽕이 사람을 웃길 리 없건만 사람들은 '웃기는 짬뽕'이라고들 말한다. 간혹 패러디된 '웃기는 짜장'이란 말도 사용하지만 '웃기는 짬뽕'에 견줄 바 아니다.

우리가 좋아하는 음식이 어디 짬뽕뿐이겠는가. 값이 비싸서 자주 먹을 수가 없을 뿐이지 우리가 좋아하는 음식은 얼마든지 있다. 즐거운 잔칫날, 오래간만에 반가운 친구를 만났을 때, 은사님께 감사하는 마음을 표하는 사은회 때, 취업 턱 낼 때, 사랑하는 사람에게 폼 잡을 때 우리는 분위기 좋은 음식점에서 비싼 근사한 음식을 먹는다. 꼭 그래야 하는 것은 아니지만 그래야 격에 맞다. 이런 날 먹는 갈비는 짬뽕과 동격이다. 이런 날 먹는 갈비는 '웃기는 갈비'가 아니다.

그러나 먹는 자리에 셈이 끼어들면 사정이 달라진다. 은근한 청탁을 하는 자리에 짬뽕을 차리면 짬뽕뿐만 아니라 대접하는 사람까지도 '웃기는 짬뽕'으로 매도된다. 그리고 그 판은 거기서 끝이다. 은밀한 특실에서 시중드는 여인까지 앉히면 술도 술술 넘어가고 대화도 술술 풀린다. '웃기는 갈비'요 '웃기는 홍어찜'이다. '웃기는 갈비·홍어찜'에서는 썩은 냄새가 난다. 그러나 '웃기는 짬뽕'에서는 삶의 향기가 풍긴다.

실제 생활에서 사용되는 '웃기는 짬뽕'이란 말 속에는 냉소적인 표정이 숨어 있다. 일상에서 흔히 경험하는 일들 몇 가지를 상기해 보면 금방 알 수 있다.

어느 날 졸업한 후 한 번도 만난 적이 없는 고교 동창생에게서 전화가 걸려왔다. 친구에 대한 기억을 되살리는 데는 오랜 시간이 필요했다. '야, 너, 그랬냐, 저랬냐?' 하며 늘 함께 지냈던 친구처럼 다정스럽게 구는 친구와는 달리 나의 대답은 어정쩡하기만 했다. 친구에게 너무 무심했다는 생각이 들어 미안하기까지 했다. 그 친구는 나에 대해서 뿐만 아니라 아내, 애들에 대해서까지 훤히 꿰고 있어 나를 당황스럽게 했다. 아내가 최근 학교를 옮긴 것에서부터 이미 약발이 떨어진 지 오래인 큰놈이 모 시험에서 수석한 일에 이르기까지…….

한참 수다를 떨던 친구는 잠시 주춤하더니 속내를 드러냈다. 그 친구는 자기가 하는 일에 대해서 몇 마디 하더니 회사가 어려워서 그러니 도와달라며 시사월간지 구독을 권하는 것이었다. 아니 강매하려는 것이었다. 한편으로는 불쾌하기도 하고, 또 한편으로는 새롭지도 않은 고전적인 판매 수법에 우정을 끌어들이는 동창생이 측은하기도 해서 한동안 망설였다. 그러다가 겨우 용기를 내어 '아내와 상의해 봐야겠다는 둥, 요즘 형편이 전 같지 않나는 둥' 구차한 변명을 늘어놓는 내게 친구는 '너 애가 왜 그렇게 됐냐'는 핀잔을 주며 전화를 끊었다. '웃기는 짬뽕'이다. 가까운 친구들 모두가 전화를 받았었단다.

선거철이 다가오면서 달갑지 않은 사람들을 많이 만나게 된다. 주일에 미사를 보러 가면 얼굴이 꽤나 알

려진 선배가 성당 문 앞에 버티고 서서 악수를 청해
온다. 참 하느님은 마음도 좋으시다. 또 모 당의 선배
는 음식점에서 식사를 할라치면 다가와 불쑥 손을 내
밀고 도와달라고 한다. 백수 주제에 도움이 필요하면
언제라도 연락하라고 허세를 부린다. '웃기는 짬뽕'이
다.

심심하면 파장인 술자리로 불러내 술값 물리는 고시
원 원장 선배, 공사비 미리 줬더니 날림으로 해치우고
도망친 후배, 취업을 빙자해서 학점 사기(?)친 제자,
아파트 주차장에서 남의 차 긁어놓고 연락처도 남기지
않고 도망간(아니 함께 사는지도 모르는) 얌체, 모두
'웃기는 짬뽕들'이다.

'웃기는 짬뽕'이란 말의 사용은 이런 식이다. 상대하
기 싫을 때, 면전에서는 자신이 없어서 돌아서서, 바른
소리 하면 찍힐까 두려워서, 막연한 대상에게 공연한
한풀이 할 때 혼잣말로 하는 말이 '웃기는 짬뽕'이다.

이제 나는 '웃기는 짬뽕'이라는 말 속에 숨어 있는
냉소적인 표정을 걷어내려고 한다. 공연히 돌아서서

속 끓이지 않고 떳떳하게 할 말은 하고 살 작정이다.
되는 것은 되고, 안 되는 것은 안 된다고 말하며 살
생각이다. 남에게도, 또 나에게도.

아버지의 연설

오래간만에 부모님 계신 고향집을 찾았다. 지난 해 새해 연휴 마지막 날 도망치듯 시내로 이사를 나온 후 거의 발길을 끊었던 고향집이다. 차로 5분이면 충분한 가까운 곳이지만 내게 고향집은 아득하기만 했다. 고향집에 들를 때마다 작년 가을 처분한 집에 다시 세 들어 사시는 부모님이 늘 마음에 걸렸다. 집안을 책임 져야 할 나이에도 구실 못하는 가장으로 사는 자괴감, 고생하는 아내에 대한 미안함, 아빠의 일을 모두 눈치

챌 만큼 자란 아이들에 대한 부끄러움, 경솔하게 교직
을 그만 둔 후회 등이 한꺼번에 들끓었다.

　가게에 들어서자 아버지는 평소와 다르게 반갑게 맞
아주셨다. 고기 사다놓은 것이 있는데 안주해서 술 한
잔 하라는 둥, 당신 가게에서 과자를 챙겨주시며 애들
가져다주라는 둥, 전에 없던 아버지의 환대가 당혹스
럽기까지 했다. 까닭 없는 호의는 없는 법, 아버지는
이내 속내를 내비쳤다. 유명한 사람들의 연설집을 구
해달란다. 당신 교회 목사가 출장을 자주 다녀서 목사
대신 장로인 당신께서 설교를 할 일이 많아졌다며 연
설집이 필요한 이유를 설명했다. 평소 목사의 설교가
부실해서 신자들의 불만이 많았는데, 당신께서 이번
기회에 설교의 진수를 보여주시겠단다. 어이가 없었다.
신자들을 대상으로 한 설교라면 성경 말씀 이상 좋은
것이 어디 있으며, 집에 잔뜩 사다놓은 성경 해설집만
으로도 설교 준비를 충분히 할 수 있지 않느냐는 내
대꾸에 아버지의 표정은 순식간에 일그러졌다.

초등학교 5학년 가을 운동회 개회식 때였다. 시골의 조그만 초등학교라서 운동회는 아이들의 행사이면서 동시에 동네 잔치였다. 개회식도 다르지 않았다. 교장 선생님의 훈화에 이어 면장·새마을 지도자·육성회장 순으로 지루하고 장황한 연설이 이어지고, 아이들은 차츰 지쳐갔다. 당시 육성회장으로 새롭게 선출된 아버지도 연설자 대열에 끼었다. 마이크 앞에 선 아버지는 몹시 긴장한 듯했다. 마이크의 높이를 조절하는 손놀림이 부자연스럽다 했더니 기어코 마이크를 쑥 뽑아 들고 말았다. 당황해하는 모습이 역력했다. 아버지의 그런 모습에 나도 긴장하기는 마찬가지였다. 소사 아저씨의 도움으로 가까스로 마이크의 높이를 알맞게 조절한 뒤 아버지는 목소리를 가다듬고 연설을 시작했다. 연신 손수건으로 이마의 땀을 닦으며 '에, 따라서, 그러니깐두르, 설라무네'를 연발하였다. 도통 내용을 정리할 수 없는 연설을 간신히 끝낸 아버지는 너무 정중하게 인사를 하다가 그만 이마로 마이크를 받아 넘어 뜨리고 말았다. 환호성과 함께 폭소가 터졌다. 내 기분은 엉망이 되고 말았다. 눈물이 핑 돌았다.

아버지의 연설

그 후로 입학식·졸업식·운동회 등 학교의 행사가 있을 때마다 아버지는 단골 연사로 등장했다. 연설 솜씨도 차츰 늘어갔고, 나의 긴장감도 점차 사라졌다. 문제는 나만을 대상으로 한 아버지의 연설이 잦아진 것이다. 어머니가 내리 딸을 출산하면서 술주정과 훈육의 경계를 넘나드는 아버지의 연설이 더욱 빈번해졌다. 아들을 바랐던 아버지는 늘 횟술에 취해 있었고, 간간이 밥상을 마당에 내팽개치기도 했다. 그런 날 밤이면 어김없이 나는 밤늦게 귀가한 아버지 앞에 무릎을 꿇어야 했다. 아버지는 소풍 갈 때나 구경할 수 있는 오원짜리 종이돈을 손에 쥐여주시고는, 까칠까칠한 수염을 내 볼에 마구 비벼대곤 하였다. 그러고는 '이 애비한테는 너밖에 없다'는 둥, '이 집에 남자라곤 너와 나뿐인데 네가 장차 기둥 노릇을 해야 한다'는 둥, '그러기 위해서는 공부를 열심히 해야 한다'는 둥 술주정이라고 하기에는 꽤나 점잖은 훈계를 반복하여 나를 질리게 만들었다. 그러다가 내 자세가 흐트러지면 느닷없이 뺨을 후려갈기며 '내가 아들이 둘만 있어도 너한

테 이러지 않는다.'며 당신의 술주정을 아버지의 훈계
로 못 박곤 했다. 딸 낳은 것이 내 잘못이냐는 어머니
의 악다구니가 터지고 곧이어 싸움판이 벌어지는 것은
예정된 순서였다. 그 틈에 나는 슬그머니 빠져나와 과
일 저장고에 숨었다가 상자 틈바구니에서 잠이 들었다.

　내가 아버지의 연설다운 연설을 들은 것은 고등학교
2학년 때 일이었다. 기말시험을 준비하느라고 밤늦게
공부하던 나는 바람도 쐬고 볼일도 볼 겸해서 마당에
나섰다가 과일 창고 속에서 나는 이상한 소리를 들었
다. 캄캄한 밤이라 겁도 났고, 도둑이 들었을지도 모른
다는 생각에 두렵기도 했지만 심호흡을 하고 창고 문
쪽으로 다가갔다. 틈 사이로 안을 들여다보던 나는 눈
앞에서 벌어지는 광경에 놀라지 않을 수 없었다. 소리
의 주인공은 다름 아닌 아버지였다.
　아버지는 당시 통일주체국민회의 대의원 선거에 출
마 중이었다. 애초에 단독 출마가 예상되어 이미 동네
사람들과 몇 차례 성급한 당선사례 술자리를 벌인 뒤
였다. 그런데 술이 확 깨는 불상사가 벌어졌다. 난데없

이 또 한 명의 입후보자가 나선 것이다. 댐 수몰지구 피해 보상을 받은 이웃 동네 사람이 두둑한 선거 자금을 밑천으로 막판에 아버지에게 승부를 걸어 온 것이다. 아버지의 당혹스러워 하는 모습이 역력했다. 당신은 상대 후보가 국민학교도 제대로 다니지 못한 일자 무식인 친구라며 깎아내렸다. 그러면서 연설에서 이길 자신이 있다며 유세에서 승부를 내겠다고 다짐한 터였다. 당신은 다음 날 인근 초등학교 운동장에서 열리는 선거 유세 연습을 하고 있는 중이었다. 과일 상자 두 개를 포개놓고 중간 중간 불끈 쥔 주먹으로 허공을 내지르기도 하고, 상자를 내려치기도 하면서 아버지는 열변을 토했다. 나는 추운 줄도 모르고 등장에서부터 퇴장까지의 과정을 반복하고 있는 아버지의 언설을 경청했다. 마음속으로 갈채까지 보내면서 유세 내용을 꼼꼼히 검토하기까지 했다.

다음 날 나는 등교하면서 유세 잘 하시라고 당신께 말씀드렸다. 그리고 너무 거창한 말만 하면 오히려 설득력이 없으니 응달말 다리공사·양지말 새마을 도로 포장공사·상대 후보가 사는 동네의 주민 숙원 사업

등과 같은 현안을 위해 노력하겠다는 내용도 포함시킬 것을 주문했다. 당신은 겸연쩍어하면서 알 듯 모를 듯한 미소를 지었다. 연설 덕인지는 몰라도 아버지는 대의원에 당선되었다. 그리고 얼마 후 윗배미 과수원 밭은 영지버섯 농장 주인에게 넘어갔다. 그 후 아버지는 대한민국최고의결기관인 통일주체국민회의 대의원의 자격으로 마을 행사가 있을 때면 으레 첫 번째 연사로 연단에 서는 영광을 누렸다.

2대 대의원 선거에서 낙선하면서 아버지의 영광은 빛을 잃었다. 그렇다고 아버지의 연설이 막을 내린 것은 아니다. 다만 무대를 공식 석상에서 동네 입구에 있는 주막 강릉집·경로당·잔칫집·초상집 등으로 옮겼을 뿐이다. 지방지 2종, 중앙지 2종을 하루 종일 일삼아 읽는 당신은 주로 노인들로 판이 짜인 좌중을 쉽게 사로잡았다. 세계정세에서부터 국내 정치, 지방 정가 소식에 이르기까지 기사 내용을 빠삭하게 꿰고 있는 아버지는 어느새 노인들의 우상이 되어 있었다. 민주화 바람이 불어 이장, 농협 조합장까지 선거로 뽑게 되면서 노인회장직을 맡고 있던 당신의 주가는 상종가를 쳤다. 출처가 의심스러운 돈으로 당신은 술판을 벌이고는 노인들뿐만 아니라 인근 공사판의 인부들까지 불러들여 이야기판을 짰다. 판이 잦아지면서 아버지의 말투는 점차 권위적으로 변했고, 연설 내용도 당신의 마음에 들지 않는 인물에 대한 일방적인 비방이나 폄하 내지는 자화자찬으로 채워졌다. 대개의 경우 청중들은 공짜 술에 대한 예를 깍듯이 갖추었고, 그럴 때마다 당신의 권위는 날개를 달았다. 간혹 당신 생각과 다른 의견을 밝혀 권위에 흠집을 내는 청중이 있으면 가차 없이 뭉개버렸다. 그것으로도 성이 차지 않아 남의 코를 잡아 비틀어 고소를 당하는 일까지 벌어졌다.

사람들은 안하무인으로 행동하는 아버지에게 차츰 등을 돌렸고, 아버지의 이야기판은 날이 갈수록 쓸쓸해져 갔다. 제발 그러시지 말라고 사정하는 아들의 청원을 당신은 '너나 잘해 임마!'하는 말 한 마디로 뭉개버렸다.

소일거리로 조그만 구멍가게를 내신 후로는 아버지의 일터가 아버지의 이야기판이 돼버렸다. 손님들을 위해 내놓은 파라솔은 언제나 당신 차지였다. 그 앞에는 풍을 맞아 몸이 불편한 건너편 골짜기의 권 씨와 골판지 상자를 모아 고물상에 판 돈으로 술값을 장만해서 하루도 빠짐없이 아버지를 찾는 기특한 심 씨가 늘 앉아있다. 그들은 술 취한 눈으로 연신 고개를 끄덕이다가 그 자리에 함께 잠들어버리기 일쑤였다.

고희를 넘긴 아버지의 이야기판에는 이제 적막감마저 감돈다. 그런 아버지가 당신이 설립한 개척교회나 다름없는 교회에서 명연설을 통해 반란을 꿈꾸는 것이다. 그것도 목사가 잠시 비운 사이에.

언제부턴가 나는 문득 내가 여러 면에서 아버지를 닮았고, 또 닮아가고 있다는 사실을 깨달았다. 젊은 나이에 괜찮은 직장을 그만두고 아내 고생시키는 것부터가 비슷하다. 술 좋아하고, 남 주기 좋아하고, 허풍 잘 떨고, 놀기 좋아하는 버릇 등등. 내가 원망하던 아버지의 면면들이 내 삶에 어른거리고 있는 것을 확인하면서 흠칫 놀란다.

차츰 말에 힘이 사라져 가는 것도 아버지를 닮았다.

아버지의 연설

40

후배들과 함께하는 술자리에서의 내 말발은 예전과 같지 않다. 화제도 차츰 책을 떠나 막연한 대상에 대한 원망과 독설로 변해갔다. 말이 힘을 잃으니 대우 또한 말이 아니다. 눈치 빠른 친구들은 화장실 가는 체하며 나가서는 돌아오지 않는다. 공허한 가슴을 수습하여 자리를 털고 일어날 때는 끝까지 자리를 함께 해준 녀석들이 고마워 눈물이 날 지경이다.

　서점에 들른 기억이 아련하다. 한때 신문이나 잡지의 신간 소개를 뒤적이며 열심히 책을 사들였었다. 하지만 이제는 책으로 인한 가위눌림 때문에 마음이 무겁다. 살 날이 길지 않고 눈도 하루가 다르게 침침해지니 조급함만 더해간다. 그래도 신간 한 권쯤 고르러 시내 서점에 들렀다가 술꾼들의 쉼터인 참새방앗간에 얼굴을 내밀어야 할 것 같다.

수필을 위한 반성문 2

- '소설이 안 되면 수필이나 쓰지 뭐'

한때 소설가를 꿈꾸며 밤깨나 새웠었다. 기초부터 튼튼히 하겠다며 소설작법 관련 서적을 몇 권 구해 읽었지만 별로 도움이 되지 않았다. 전상국 작가가 쓴『당신도 소설을 쓸 수 있다』가 인상에 남는 정도였다. 내용 중에 '소설쓰기는 읽기 70, 쓰기가 30'이라고 한 말이 기억에 남는다. 구앙수가 말한 '삼다(三多)'와 비슷한 내용이지만 읽기의 중요성을 강조한 것이리라. 그렇다. 영화 공부의 시작은 영화 감상이고, 연극 공부의 시작 또한 연극 감상일 터. 소설 읽기가 소설 공부의 시작임은 당연한 귀결이다.

소설 읽기에 전념하던 중에 움베르토 에코와 밀란 쿤데라를 만났다. 나를 초라하게 만든 작가들이다. 『장미의 이름』과 『참을 수 없는 존재의 가벼움』은 소설에 대한 내 고정관념을 뒤흔들고, 소설가를 꿈꾸었던 나를 주눅 들게 했다. 소설을 읽는 내내 두 작가의 해박함과 한눈팔 수 없게 만드는 서사의 힘에 압도당했다. 꼼꼼하게 읽었는데도 고갱이를 건지지 못한 것 같은 낭패감이 엄습했지만 이 두 소설과의 만남은 소설 쓰기를 다시 생각하는 계기가 됐다.

『장미의 이름』을 읽고 나서 수도원의 역사, 마녀재판의 배경, 플라톤과 아리스토텔레스와 관련된 신학 논쟁, 희극과 종교의 관계 등이 궁금했다. 오늘날 가장 저명한 기호학자, 역사학자, 미학자로 평가받고 있는 에코의 소설을 이해하기 위해서는 최소한 이런 주제들에 대한 기본 소양이 필요할 것 같았다. 『장미의 이름』

완전정복 모드로 돌입했다. 스무 권 남짓 관련 서적을 섭렵한 뒤 소설을 다시 읽었다. 그제야 에코의 메시지가 들리는 듯했다. 아리스토텔레스의 「시학」을 둘러싼 호르헤 수도사와 윌리엄 수도사가 벌이는 논쟁 부분은 이 소설의 절정이라고 할 수 있다. 이 대목에서 장자크 아노 감독이 메가폰을 잡은, 같은 제목의 영화에서 윌리엄 수도사 역을 맡았던 숀 코네리의 모습이 선명하게 오버랩 되었다. 소설을 통해 에코는 오늘을 사는 인류에게 잘못 해석된 주관적 진리와 종교적 진리의 위험성을 경고한다. 윌리엄이 제자 아드소에게 진리를 설명하는 대목이 인상적이다.

> "가짜 그리스도는 지나친 믿음에서 나올 수도 있고, 하느님이나 진리에 대한 지나친 사랑에서 나올 수도 있는 것이다. 성자 중에서 이단자가 나오고 선견자 중에서 신들린 무당이 나오듯이... 아드소, 선지자를 두렵게 여겨라. 그리고 진리를 위해서 죽을 수 있는 자를 경계하여라. 진리를 위해 죽을 수 있는 자는 대체로 많은 사람을 저와 함께 죽게 하거나, 때로는 저보다 먼저, 때로는 저 대신 죽게 하는 법이다. (중략) 진리에 대한 지나친 집착에서

우리 자신을 해방시키는 일... 이것이야말로 우리가 좇아 야 할 궁극적인 진리가 아니겠느냐?"

'진리에 대한 집착에서 우리 자신을 해방시키는 일 이 궁극적 진리가 아니겠느냐'는 질문은 윌리엄이 아 드소에게 한 물음이 아니라 에코가 우리에게 던진 질 문이리라. 인류 역사상 진리에 대한 집착 때문에 빚어 진 참극이 얼마나 많았던가. 진리에 대한 신념 때문에 얼마나 많은 사람들이 희생되고 문명이 파괴되었던가. 중세의 십자군이나 최근 IS의 폭력은 인류가 진리를 잘못 해석함으로써, 진리를 자신의 종교에 가둠으로써, 하느님이나 신의 이름으로 자행한 파괴적이고 반인륜 적인 만행의 일례에 불과하다.

철학이 어떤 학문인가. 앎에 대한 학문, 진리를 추구 하기 위한 학문이 아니었던가? 철학이 해결하지 못한 진리에 대한 바른 정의를 이 한 편의 소설이 해냈다고 하면 지나친 과찬일까?

『장미의 이름』을 만나고 나서 나의 소설 읽는 방식 은 크게 달라졌다. 『책은 도끼다』에서 박웅현이 밝힌

독서법을 따라 하고 있다고나 할까. 소설은 가볍게 읽는 글이라는 생각을 지웠다. 다독보다는 정독을 선호하게 됐다. 읽는 속도는 더뎌졌고, 작품의 내용과 관련된 서적들을 옮겨 다니며 동시에 읽는 버릇이 생겼다. 가능하면 한 작가의 모든 작품을 몰아서 읽는 것을 선호하게 되었다. 한 작가만 파는 셈이다. 소설 읽기보다는 공부에 가까운 독법이지만 이를 통해 소설의 가치를 새삼 확인할 수 있어서 보람을 느꼈다.

밀란 쿤데라의 『참을 수 없는 존재의 가벼움』은 더 높은 벽이었다. 시작부터가 낯설었다. 도무지 감을 잡을 수가 없었다. '인생이란 한번 사라지면 두 번 다시 돌아오지 않기 때문에 한낱 그림자 같은 것이고, 그래서 산다는 것에는 아무런 무게도 없고 우리는 처음부터 죽은 것과 다름없어서, 삶이 아무리 잔혹하고 아름답고 혹은 찬란하다 할지라도 그 잔혹함과 아름다움과 찬란함조차 무의한 것'이라니? 이렇게 허무할 수가.

'역사란 개인의 삶만큼이나 가벼운, 참을 수 없을 정도로 가벼운, 깃털처럼 가벼운, 바람에 날리는 먼지처

럼 가벼운, 내일이면 사라질 그 무엇처럼 가벼운 것'이
라니? 인생의 무게와 역사의 멍에에 허덕이며 살았던
날들이 실체도 없는 헛것에 씌어 서성댄 것이란 말인
가? 마지막 장을 덮으면서 긴 터널을 벗어났는데도 빛
은커녕 어둠 속을 헤매고 있는 절망감이 엄습했다.

　박웅현의 분석에 기대 다시 읽고 나서야 조금 알 것
같았다. 테레사의 무거움으로 수렴된 토마스의 가벼움,
프란츠와 사비니 사이에서 교차되는 가벼움과 무거움
(무거움과 가벼움)을 추적하다 보니 작가의 의도가 다
가왔다.

　사랑이 잊을 수 없는 것이 되자면 처음 순간부터 우
연들이 사랑 위에 내려앉아 있어야 한다는, 또 사랑이
마술처럼 신비스러운 것은 필연이 아니고 우연이기 때
문이라는 쿤데라의 속내를 눈치챘을 즈음 테레사와 토
마스의 사랑이 빛을 발했다.

　배반이 대열에서 빠져나가는 것이며, 대열에서 이탈
하여 미지를 향해 출발하는 것이며, 속박에서 벗어나
자유를 찾는 자기 해방을 위한 행동임을 눈치챘을 때
사비나의 가벼움을 수용할 수 있었다.

프란츠의 죽음을 통해 무거움의 끝은 가벼움이며, 그 반대도 성립이 가능하다는 것을 알았다.

"슬픔은 형식이고 행복은 내용이었다. 행복은 슬픔의 공간을 채웠다."고 한 대목에 이르렀을 즈음 이미 나는 밀란 쿤데라의 사전(辭典)에 익숙해져 있었다.

『참을 수 없는 존재의 가벼움』을 횡단하면서 단어의 의미는 모든 사람들에게 동일하지 않으며, 사람들은 저마다의 사전을 간직하고 살아간다는 것을 비로소 깨달았다. 소설 쓰기에 인문학적 소양과 철학적 사유가 필요한 까닭을 이해할 수 있었던 것은 덤이었다.

조정래 작가가 『태백산맥』을 쓰기 위해 분단과 관련한 서적을 5만 쪽이나 독파했다는 전설 같은 이야기나 김탁환 작가가 『불멸의 이순신』을 쓰기 위해서 임진왜란과 관련한 책을 2백만 원어치를 구입해 탐독한 사례는 공부가 소설 쓰기의 시작이라는 점을 알게 해주는 사례일 터. 깜냥도 모르고 가까운 몇몇 지인들의 치사에 우쭐대며 알량한 글재주로 소설을 쓰겠다고 호기를 부렸던 날들이 부끄럽다.

그러다가 소설이 안 되면 수필이나 써볼까 하는 생각을 했다. 돌아보면 '소설이 안 되면 수필이나 쓰지'보다 오히려 '수필이 안 되면 소설이나 쓰지'가 더 맞을 것 같다. 붓에 나를 맡길 수 있어야 비로소 수필이 될 터인데, 종심(從心)에 준하는 연륜이 없고서는 좋은 수필을 쓸 수는 없는 노릇이다. 수필은 부단한 자기 성찰과 대상을 숙고하는 자세가 요구되는 글이다. 수필은 숙성된 지혜 없이 글재주만으로는 쓸 수 없는 글이다. 짜내서 쓰는 글이 아니라 사유가 흘러넘쳐 여백을 조용히 채우는 글이 수필이다.

수필은 기다림이 끝날 무렵 비로소 붓을 들 수 있는 글이다. 조급하게 서둔다고 쓸 수 있는 글이 아니다. 글쓰기의 가위눌림에서 벗어나는 방법은 그저 넘칠 때까지 채우는 것뿐이다. 독서든, 사색이든, 무엇으로든 채우고 사유가 스스로 길을 낼 때까지 기다려야 쓸 수 있는 글이 수필이다.

소설은 '열공'만으로도 어느 정도 성공할 가능성을 점칠 수 있지만 수필은 '열공'만으로는 부족하다. 성공

한 젊은 소설가들은 많지만 성공한 젊은 수필가가 눈
에 띄지 않는 사실이 이를 반증하는 것이 아닐까.

'소설이 안 되면 수필이나 쓰지 뭐'하며 호기 아닌
호기를 부렸던 날들이 더 부끄럽다.

수필을 위한 반성문 2

이제는 죽어도 좋아

"1862년 6월 30일 아침 8시 30분, 창문 너머로 비쳐드는 아침 햇살을 받으며 나는 레미제라블을 끝냈다네……이제는 죽어도 좋아"

나폴레옹 3세의 쿠데타 이후 17년 동안 망명길에 올라 브뤼셀에 잠시 머물다가 이후 망명자들의 은둔지인 영국령 저지섬으로, 다시 피한족들의 천국 건지섬으로 전전하면서 『레미제라블』을 완성한 후 위고가 한 말이다. 비교적 장수를 누린 빅토르 위고가 작가 나이 60세에 한 말이다. 위고는 한국 남성의 평균 수명 80세보다 3년 더 살다가 83세에 사망했다.

프랑스에서 성경 다음으로 많이 팔렸다는 『레미제라블』은 역사·사회·철학·종교 등 인간사의 모든 것을 축적한 세기의 걸작으로 꼽힌다. 미국의 문학자 해럴드 블룸은 "20세기에 위고와 견줄 만한 작가는 없으며, 21세기에 그런 작가가 나올지 의심스럽다"며 위고의 문학사적 위상을 평가했다.

『레미제라블』의 서문이 기억에 남는다.

"법률과 풍습에 의하여 인위적으로 문명의 한복판에 지옥을 만들고 인간적 숙명으로 신성한 운명을 복잡하게 만드는 영원한 사회적 형벌이 존재하는 한, 무산 계급에 의한 남성의 추락, 기아에 의한 여성의 타락, 암흑에 의한 어린이의 위축, 이 시대의 세 가지 문제가 해결되지 않는 한, 어떤 계급에 사회적 질식이 가능한 한, 다시 말하자면, 그리고 더욱 넓은 견지에서 말하자면, 지상에 무지와

이제는 죽어도 좋아

빈곤이 존재하는 한, 이 책 같은 종류의 책들도 무익하지 않으리라.”

민중을 향한 따뜻한 시선이 느껴진다. 무지와 빈곤은 제도와 체제에 의한 것임을 준엄하게 비판하는 음성이 들리는 듯하다. 소설 제목이 『레미제라블』인 이유를 서문에서 읽을 수 있다.

빅토르 위고는 “시인은 그가 흔드는 횃불처럼, 미래를 번쩍거리게 하여야 한다.”고 했다. 그렇다. 작가는 글쓰기를 통해 미래에 대한 비전을 제시할 수 있을 때 존재할 이유가 있다. 위고는 절대적인 악의 존재를 부정하고 지옥은 있을 수 없다면서, 모든 인간들 속에는 신이 있고, 악 속에도 선의 요소기 들어 있어, 신에게서 떨어져 창조된 인간들은 정화되어 신을 향해 올라간다며 인간에 대한 무한 신뢰를 보냈다. 인간은 정신의 자유를 동력으로 하고 고뇌를 수단으로 하여 정화되어 가는 존재다. 그런 점에서 장발장의 정신적인 노력은 신에 귀의하여 합치되려는 의지고, 그의 고뇌는 자신과 인류를 위한 속죄인 셈이다.

제1부 수필을 위한 반성문

"이제는 죽어도 좋아."

글쓰기를 생애로 삼은 사람들이 모두 불후의 명작을 남길 수는 없겠지만 적어도 이 정도의 각오로 글을 쓰면 태작은 면할 수 있을 것 같다. 윤동주가 「참회록」에서 구리거울을 온몸으로 닦자고 한 까닭을 알겠다. "곧 죽는다는 생각은 인생의 결단을 내리는데 가장 중요한 도구였다."고 한 스티브 잡스의 말도.

평균 수명으로 치면 열다섯 해 정도 남은 삶을 어떻게 살 것인가 고민할 필요가 없어졌다. '이제는 죽어도 좋아'라고 말하면서 죽을 수 있으면 행복하겠다.

제2부 모색의 여정

어느 '보통사람'의 죽음

　얼마 전 보통사람 한 분이 세상을 하직했다. '나 이 사람, 보통사람 믿어주세요.' 하며 그 어떤 개그맨보다도 탁월한 감각으로 유권자들을 웃겼던 보통사람이 영면했다. 혈세로 나라 지키라고 총과 탱크 사줬더니 총부리와 포신을 돌려 민주화를 요구하는 국민들을 무참하게 짓밟았던 보통사람이 죽었다. 개가 주인을 물었다. 그것도 지독하게 물어뜯었다. 복도 많아서 실체도 불분명한 '대북정책' 덕에 국장(國葬)으로 장례도 근사하게 치르고 영면하셨다. 생전에 외쳤던 '보통 사람의 위대한 시대'는 그렇게 막을 내렸다.

얼마 지나지 않아 쿠데타도 함께 모의하고, 대통령도 보통사람보다 먼저 하고, 정의사회 구현의 깃발을 들고 애먼 사람들 삼청교육대에 잡아 가두고, 허덕이는 기업들을 쥐어짜고, 보통사람과 옥살이도 함께 했던 그분마저 타계했다. 친구 따라 저승 가는 걸 보니 이분 의리 하나만큼은 국가공인 의리맨 김보성보다도 굳센 것 같다. 보통사람과는 달리 국장은커녕 국민들 눈치를 보며 장례를 치러야 하는 유족들을 보니 한편 측은하기도 하다. 대통령이 뭐라고, 이분 고향에 찾아가서 표를 얻을 생각에 이분을 치켜세웠던 대통령 후보들이 국민들의 매서운 질책에 고개 숙이는 것을 보니, 이분의 잘못이 보통사람보다 엄중한 건 분명한 것 같다.

보통사람의 죽음이 세인들의 기억에서 사라져갈 즈음, 재벌가 안방마님이었던 보통사람의 딸이 아버지를 회상하는 신문기사를 접했다. 보통사람에 대한 거부감을 접고 기사 내용만을 따라가다가 '내 아버지는 참 자상하고 따뜻한 분이셨다.'는 대목에서 멈췄다. 그럴 수도 있겠다는 생각이 들었다. '고슴도치도 제 새끼는 함함하다.'고 하지 않았던가.

아직 살날이 남아있기는 하지만 내 처지가 궁금했다. 자식들에게 나는 어떤 아버지일까. 또 아내에게 어떤 남편일까. 아무리 후한 점수를 주어도 자상하거나 따 뜻하게 자식들을 대하지는 못한 것 같다. 아버지의 자 리에서 제구실을 했던 기억이 별로 없다. 아이들이 중 학교 다닐 때까지만 해도 주말이나 방학 때면 전국의 문화재나 유적지, 고궁, 박물관, 공연장 등을 부지런히 찾아다녔지만 남들이 하는 것 이상은 아니었다. 큰 녀 석이 고등학생이 된 후로는 가족이 함께 여행다운 여 행을 한 기억이 가물가물하다.

어쩌다가 이제는 가족이 다 모이는 것도 쉽지 않다. 가까운 곳에 살지만 딸은 세 아이를 키우느라 혼이 나 간 지 오래고, 가난한 아빠를 둔 덕에 아들은 객지에 서 홀로서기에 여념이 없다. 공연히 애가 달아 먹을 것을 장만해서 딸네 집으로, 아들 원룸으로 부지런히 나르는 아내 보기가 안쓰럽다. 가장 노릇을 고민하며 부족한 것을 채우고 빈자리를 메우려고 여기저기 기웃거리지만 역할 찾기가 쉽지 않다. 그저 시간에 떠밀려 아버지가 되고, 할아버지가 된 것 같아 씁쓸하다.

한때 졸지에 아버지와 사별하고 가장의 자리를 생각하며 아버지 역할이 영화서사의 중요한 축을 이루는 영화를 찾아서 열심히 감상했던 적이 있다.

처음 만난 영화가, 더스틴 호프만이 아버지 윌리 역을 맡았던, 아서 밀러의 원작을 영화화한 「어느 세일즈맨의 죽음」이다. 영화를 보는 동안 사회변동 과정에서 아버지의 존재가 속절없이 무너지는 것을 지켜보는 것이 힘들었다. 내 처지가 오버랩 되면서 아버지 윌리의 기대와 큰아들 비프의 희망이 어긋나고, 갈등하고, 화해에 이르는 과정을 바라보는 것도 고통스러웠다. 회사에서 쫓겨난 윌리가 친구 찰리에게 돈을 빌려 봉급이라고 가져다주면서까지 실직을 숨기는 대목에서는 나도 모르게 눈물이 흘렀다. 윌리는 가족에게 큰돈을 쥐어주기 위해 교통사고를 위장해 죽음을 택한다. 윌리의 무덤 앞에서 오늘 할부금을 다 냈다며, 우리 집이 되었는데 집에는 아무도 없다면서 흐느끼던 아내 린다의 모습이 처연하다. 외환위기 때 거리로 내몰렸던 가장들을 떠올리면서, 윌리는 자살한 것이 아니라 죽임을 당한 것이라며 분노했다.

세상이 바뀌었다지만 아직도 사방에서 윌리의 부음이 들려온다. 아직도 가장들의 고난의 행군은 끝나지 않은 것 같다.

두 번째 만난 영화가 에드워드 즈윅 감독의 「가을의 전설」이다. 정부의 인디언 정책에 불만을 품은 윌리엄 러드로우 대령(안소니 홉킨스 분)이 퇴역한 후 몬태나에 정착하여 세 아들과 살아가는 이야기다. 알프레드, 트리스탄, 새뮤얼 등은 형제지만 각각 개성이 강한 청년들로 성장한다. 트리스탄은 다른 두 형제보다 유독 반항적이고 거친 성격이지만 동생을 끔찍이 아끼고 사내다워서 아버지의 사랑을 독차지한다. 영화는 사랑과 애증, 이별, 고독으로 점철된 파란만장한 트리스탄의 일대기에 초점이 맞추어져 있다.

영화를 보면서 러드로우의 마초적 삶과 내 아버지의 부유(浮游)했던 삶, 쉽게 정착하지 못하는 트리스탄의 유목적인 삶과 롤러코스트를 타고 있는 내 삶을 병치시켜 놓고 아버지와 나를 비교했다. 개진도진이긴 하지만, 받은 유산을 곶감 빼먹듯 축내면서 큰소리쳤던 아버지에 비해 맨손으로 가족을 지켜야 했던 내 삶이 더 고단하다는 생각이 들어 억울했다. 선친이 팔아넘긴 과수원 자리에 고층아파트가 들어서고 인근 땅값이 치솟는 것을 보면서 아버지를 원망했다. 손바닥만 한 땅이라도 남겨 놓았더라면 지금 형편이 좋았을 것이라며 또 원망했다.

이제 와 생각하면 견강부회요 아진인수나 다름없는 자의적 평가였지만 그때는 그랬다. 변변한 수입 없이 자식 넷을 대학 공부시키고, 다섯이나 되는 여동생들 시집을 보낸 것만으로도 아버지는 선방한 셈이다. 이순(耳順)을 지나 종심(從心)을 바라보는 나이가 된 지금 내 삶의 흔적 위로 어른거리는 아버지의 그림자를 본다. 이제 당신을 끌어안을 수 있을 것 같다.

제2부 모색의 여정

세 번째로 고른 영화는 로버트 레드포드가 감독으로 데뷔한 「보통 사람들」이다. 논란이 많았지만 이 작품으로 로버트 레드포드는 마틴 스콜세지 감독의 「분노의 주먹」을 따돌리고 1980년 아카데미 작품상과 감독상을 수상하는 영광을 안았다.

영화를 감상하는 동안 영화라는 느낌을 받지 못했다. 중산층 가정의 사는 모습에 카메라 앵글을 들이대고 감독은 아무것도 간섭하지 않고 그저 팔짱을 끼고 있는 것만 같았다. 그러면서 행복은 유리그릇 같은 것임을 경고하고, 행복을 지키는 일이 얼마나 힘든 줄 아느냐고 묻는 것만 같았다.

영화는 보트 사고로 형을 잃은 트라우마 때문에 고통 받고 있는 콘래드가 합창단에서 연습하는 장면으로 시작된다. 곡명은 파헬벨의 '캐논'이다. 콘래드의 가정은 유복한 중산층 가정으로 남부러울 것 없다. 콘래드의 형 벅이 불의의 사고로 세상을 뜨면서 가정이 위기를 맞는다. 콘래드와 벅이 보트놀이를 하던 중에 형 벅이 강풍에 돛을 내리려다 끈을 놓쳐 세찬 물결에 휩

어느 '보통사람'의 죽음

쓸린 것이다. 동생 콘래드는 형을 구하지 못한 죄책감
에 시달리며 방황하다가 자살을 시도하지만 미수에 그
친다. 어머니 베스는 죽은 큰 아들을 잊지 못하고 혼
자 살아남은 콘래드에게 쌀쌀맞게 대한다. 콘래드도
자신에게 냉정한 어머니가 야속하기만 하다. 아버지
캘빈은 아내와 아들을 중재하려고 노력하지만 뜻대로
되지 않는다. 모자 간 갈등의 골이 깊어지면서 캘빈의
고민도 깊어지고 점차 무력감에 빠져든다.

　가족이 잠든 밤에 캘빈이 혼자 술을 마시며 소리 없
이 우는 모습을 보며 함께 눈물을 흘렸었다. 인기척에
잠에서 깨어 다가온 제시에게 캘빈은 말한다. "벅이 죽
었을 때, 당신은 사랑도 묻는 것 같았다."고.

　제시가 떠나는 모습을 바라보며 멍하니 서 있는 캘
빈. 그런 아버지에게 콘래드가 다가가 모든 것이 자기
때문이라고 위로한다. 캘빈은 아니라며 부자가 포옹한
다. 카메라가 캘빈과 콘래드가 포옹하고 있는 장면을
서서히 와이드 샷으로 잡으면서 파헬벨의 '캐논'이 배
경음악으로 흐르고 엔딩 크레디트가 올라간다. 감독은
영화의 처음과 끝에 '캐논'을 배경음악으로 배치함으로

써 단원들의 조화가 깨지면 합창이 노래가 아니듯 가족도 구성원들의 조화가 무너지면 행복할 수 없다는 메시지를 던져주고 있다.

오랜 세월이 흘렀지만 캘빈과 콘래드가 포옹하는 모습은 영화 「굿 윌 헌팅」에서 맥과이어와 윌이 포옹하는 장면과 함께 영화 속 포옹 장면 중에서도 가장 인상에 남는 장면이다.

「어느 세일즈맨의 죽음」, 「가을의 전설」, 「보통 사람들」은 모두 가족의 소중함을 생각하게 하는 영화다. 더불어 아버지의 자리를 되돌아보게 하는 영화들이다. 윌리와 러드로우, 그리고 캘빈 중 누가 더 나은 아버지인가를 묻는 것은 의미가 없다. 윌리가 있었고, 러드로우가 있었고, 또 캘빈이 있었을 뿐이다.

아버지학교를 열심히 다닌다고 모두가 좋은 아버지가 될 수 있는 것도 아니다. 거역하는 비프를 포옹한 윌리, 트리스탄과 알프레드를 포옹한 러드로프, 콘래드를 포옹한 캘빈 모두 보통의 아버지일 뿐이다. 그들은 나쁜 아버지도 아니고 무능한 아버지도 아니다. 나도

어느 '보통사람'의 죽음

그들과 같은 아버지일 뿐이다. 국민들을 제대로 웃겼던 '보통사람'이 누군가에게는 자상하고 따뜻한 아버지였던 것처럼 내 아들 딸들에게는 그런 아버지가 되고 싶다. 너무 소박한지 모르겠으나 그것이 내 소원이다.

곡부에서 '캐세끼' 되다

여행과 술자리는 사람이 반이다. 여행과 술자리의 즐거움은 일행이 좌우한다. 적어도 내 경험에 비춰볼 때 그렇다. 까탈스럽고 이기적인 사람, 제 주장만 내세우고 배려할 줄 모르는 사람과 함께 하는 여행은 고단하다. 사사건건 시비하고 없는 사람 흉보는 사람, 말이 거칠고 무례한 사람과 마시는 술맛이 좋을 리 없다.

1993년 여름, 보름 동안 『삼국지』의 배경이었던 전적지를 중심으로 중국여행을 했었다. 관광산업을 막 시작할 무렵이었던 그즈음 중국의 관광 인프라는 보잘 것없었다. 도로 사정이나 교통편, 숙박시설 등은 관광 입국으로 새로운 장정을 꿈꾸는 당국의 의욕에 미치지 못하는 수준이었다. 25인승 일제 승합차 편으로 종일 이동해서 한 곳을 둘러보고 인근 도시에서 숙박하고 다음 여정을 이어가는 방식으로 열흘을 강행군했다.

마지막 여정은 북경. 북경의 뒷골목을 걷다가 잠시 들른 카페에서 무늬만 사회주의인 중국의 민낯을 보았다. 거리는 온통 회색빛이었지만 문을 열고 들어선 상점이나 카페는 우리의 그것과 다르지 않았다. 포르노 잡지에서나 볼 듯한 선정적인 사진으로 벽을 장식한 카페에 앉아 귀에 익숙한 올리비아 뉴튼존, 마돈나, 마이클 잭슨 등의 팝송을 듣는 느낌이 묘했다. 중국에 대한 고정관념이 무너졌다. 또 세련미는 부족하지만, 선입감을 배반한 모던한 풍경에 야릇한 매력을 느꼈다.

내 중국 여행의 동반자들은 주로 은사나 동료, 제자들이었다. 지인들과 함께한 여행이라서 일행 때문에 불편하거나 불쾌했던 기억은 거의 없다. 대부분 열흘

넘는 고단한 일정이었지만 끝날 때까지 큰 갈등도 없었다. 인천 공항에 도착하면 다음 여행을 기약하며 헤어질 정도로 분위기가 좋았다.

딱 한 번 예외가 있었다. 우리 중국여행단이 유명세를 타면서 동행을 희망하는 사람들이 제법 있었다. 하지만 학과 학술행사라는 둥 이런저런 핑계를 대며 웬만해서는 다른 사람들과의 동행을 허락하지 않았다. 열이틀 일정으로 산동 지역을 탐방할 때였다. 여행경비를 절감할 수 있다는 제안에 혹해서 여행사에서 모집한 사람들과 함께 떠난 게 사단이었다.

시작은 화기애애했다. 신참(?)들은 아침에 만나면 깍듯하게 인사를 건넸고, 식사 시간이 되면 자리를 양보하는 등 교양이 흘러 넘쳤다. 자신을 시인이라고 소개한 중년의 신사는 식사 때마다 반주 없는 식사가 식사냐며 비싼 술을 시켜서 좌중에 잔을 돌렸다. 이동하는 거리가 멀어 지루할 때쯤이면 흔들리는 버스 안을 오가며 챙겨온 사탕이나 초콜릿, 비스킷 등속을 나눠주기도 했다. 사람 좋아 보였다.

마음을 열까 하던 차에 작은 소동이 생겼다. 버스가

곡부에서 '캐세끼' 되다

제남 숙소를 막 벗어나려고 할 때 호텔 직원이 소리치며 달려 나왔다. 버스에 오른 직원이 현지 안내인 귀에다 대고 손가락 두 개를 펴 보이면서 귓속말을 했다. 현지 안내인 말인즉슨 객실 비품인 작은 수건 두 장이 없어졌단다. 시인의 소행이었다. '일회용인 줄 알았다'는 변명을 늘어놓으며 시인은 버스에서 내렸다. 짐칸에서 트렁크를 찾아 열고 문제의 수건을 꺼내 직원 코앞에다 대고 흔들며 뭐라고 소리를 지르더니 길바닥에다 내동댕이쳤다. 분위기가 험악해졌다. 안내인이 나서서 사태를 수습하고 버스가 출발한 후에야 일행은 안도했다. 그러나 안도감은 오래 가지 않았다. 시인의 거친 언행이 이어졌다. 인솔자를 부르더니 서비스가 형편없다느니, 음식이 허접하다느니, 쇼핑 기회가 없다느니 불평을 늘어놓았다. 모두 속이 부글부글 끓었지만 피곤한 척 눈을 감고 애써 외면했다. 급기야는 일정까지 물고 늘어졌다. 세상에 아침 여섯 시에 일어나서 밤 열시에 숙소로 돌아가는 여행이 어디 있느냐며, 이게 군사작전이지 여행이냐고 따져 물었다. 버스 안 분위기가 곧 폭발할 것 같았다. 내가 나섰다. 그래야 할 것 같았다. 일행을 진정시키고 시인에게도 퇴로를 터주지 않으면 사달이 날 것 같았다. 옆자리에 앉아서 '선생님 말씀에 공감한다'는 둥, '사회주의 국가라서 그런지 호텔 직원들이 무례하다'는 둥 입맛에 맞을 만한 말들만 골라서 너스레를 떨었더니 금방 고분고분해졌다. 저녁에 술 한 잔 하자는 빈말에 '선생님 말씀이니까 제가 따르겠다.'며 화답했다. 그 시간 이후로 나는 시인의 절친(?)이 돼버렸다. 고난의 행군이 시작됐다. 이후 귀국할 때까지 내가 시인의 전담 마크맨이 될 줄을 어찌 알았겠는가.

수건 사건이 있은 후로 사람들의 곱지 않은 시선을 의식하였는지 시인의 태도가 냉랭해졌다. 따돌림 당하느니 차라리 일행을 무시하겠다는 심사였을까? 시인은 식사 때마다 별도의 자리를 요구했고, 시인과 나, 그리고 여행사 인솔자는 그렇게 원팀이 됐다. 이런 낭패가 또 어디 있겠는가. 인솔자에게 내 신분을 확인했는지 시인은 많은 것을 질문했고, 나는 성실하게 답했다. 함께 사진도 찍고, 시인이 가져온 웅담을 탄 술도 은밀히 나눠 마시고 배앓이도 함께 했다. 물론 선택사항이

곡부에서 '캐세끼' 되다

었지만 태산에 오를 때 일행은 중천문서 케이블카를 이용하는 코스를 선택했는데 시인 혼자서 건강을 위해 걸어서 오르겠다고 했다. 순간 인솔자와 안내인이 당황했다. 내가 나서서 동행을 자처했다. 인솔자와 안내인의 치사와 환송을 뒤로하고 둘은 힘차게 발을 내딛었다. 수직 직벽에 가까운 가파른 돌계단이 끝없이 이어졌다. 계단을 오르면서 시인은 계속 말을 걸어왔지만 나는 대답할 기력마저 고갈돼 앓는 소리를 냈다. 시인은 등산으로 다져진 듯한 가벼운 걸음으로 저만큼 앞서갔다. 이를 악물었지만 좀처럼 따라잡을 수가 없었다. 중간에 내려가고 싶은 마음이 굴뚝같았지만 호기롭게 동행을 자처했다가 포기하면 체면을 구길까 봐 끝까지 걸었다. 두 시간 남짓 걸어서 남천문을 지나 정상에 도착했을 때는 졸도하기 직전이었다. 먼저 도착해서 휴식을 취하고 있던 일행이 나를 발견하고는 박수를 쳤다. 그들은 짓궂었다. 격려와 전담 마크에 대한 고마움, 고소함이 뒤섞인 애매한 표정을 지으면서 시인 모르게 내게 윙크하며 엄지를 세웠다.

시인은 나를 완전히 자기편으로 확신하는 듯했다.

아무렴, 천하 명산 태산을 함께 올랐는데. 언제 준비했
는지 자신의 시집을 꺼내더니 내 이름을 쓰고 그 밑에
사인을 멋지게 휘갈겨서는 두 손으로 공손하게 건넸다.
시평을 부탁할 것 같은 불안한 예감이 들어 지레 겁먹
고 호텔로 이동하는 버스 안에서 순식간에 독파했다.
맞춤법에 어긋난 표현이 여러 곳 눈에 띄었고, 감탄사
와 의성어가 과도하게 사용되었으며, 수식어를 자주
사용하여 여과되지 않은 감정을 날것 그대로 토해 놓
은 산문이나 다름없었다.

　예상은 빗나가지 않았다. 저녁 식사를 마치고 잠시
보자더니 비록 태작이지만 시에 대한 내 고견을 듣고
싶다고 했다. 유비무환이다. 나는 이미 준비가 돼 있었
다. 우선 '신선했다'고 운을 뗀 후, 감정의 과잉은 '자
신의 내밀한 감정을 여과 없이 진솔하게 표현한'으로,
맞춤법에 어긋난 표현은 '맞춤법에 예속된 고식적인
표현을 비웃는 듯한 파격적인 표현'으로 바꾸어 주례
사비평을 늘어놓았다. 시인의 표정이 환하게 밝아졌다.
여행하는 동안 내가 본 가장 밝은 표정이었다. 덩달아
나도 기분이 좋았다.

곡부에서 '캐세끼' 되다

74

갖은 정성과 혼신의 노력을 다했음에도 불구하고 여행단의 평화는 오래 가지 않았다. 공자 출생지인 곡부에서 공자묘·공묘·공림 등을 둘러보고 호텔 정원식 식당에서 저녁을 먹는 자리였다. 다른 때와 마찬가지로 시인은 자리를 따로 마련해 달라고 요구하였지만 식당 측에서 난색을 표했다. 이미 음식을 장만해 놓은 상태라서 곤란하다며 거절했다. 시인은 돈은 자기가 얼마든지 내겠다며 거드름을 피웠다. 하지만 음식을 조리하는 데 많은 시간이 소요된다는 안내인의 설명을 듣고 나서 툴툴거리며 지정된 테이블에 앉았다. 먼저 자리 잡고 있던 사람들이 당황했다. 몇몇은 재빨리 옆 테이블로 옮겨갔다. 그날 요리는 득별했다. 회진식탁 한가운데 쌍 희자(囍)가 새겨진 큼직한 떡이 놓여 있었고, 식당 밖 정원에서는 우리 일행을 환영하는 폭죽이 요란하게 터졌다.

환영 의식이 끝나고 식사가 시작되자 시인이 손뼉을 쳐서 종업원을 불렀다. 그리고는 손가락으로 탁자를 두드리며 '느 쉐'라고 했다. 종업원이 눈을 멀뚱거리고서 있자 안내인이 달려왔다. 잠시 후 종업원이 뜨거운 물 주전자를 시인 앞에 놓고 갔다. 여행하는 동안 시인은 기회 있을 때마다 '라이 이핑 피주', '헌하오 취', '워먼더 차이 하요마' 등등 귀동냥으로 익힌 소통불능의 중국어 실력을 뽐냈다. 그럴 때마다 안내인이 통역을 했다. 어색한 분위기를 띄우려는 듯이 그날도 시인은 공부가주를 시켜 공손하게 술잔을 돌렸으나 일행들은 뻔히 아는 데도 술을 못 마신다며 손사래를 쳤다. 여행사 인솔자는 근무 중이라고 빼고, 결국 나와 시인 둘이서 술병을 비웠다.

취흥이 오른 시인이 또 손뼉을 쳤다. 이어 '넝 쉐' 하고 소리쳤다. 종업원이 컵을 가져오자 손목을 덥석 잡고 엄지를 치켜 올리며 '니 표량, 니 타이 표량'하고 느물거렸다. 조금도 망설임이 없었다. 종업원은 컵을 던지듯 놓고 돌아섰다. 물이 튀어 시인의 얼굴과 옷을 적셨다. 시인이 고함을 쳤다. 보다 못한 좌장격인 한 분이 그만 좀 하라고 제지하자, 당신이나 잘하라고 시인이 맞받았다. 난장판이 벌어졌다. 겨우 수습하고 나니 시인과 나만 남았다. 곁에는 인솔자와 안내인이 난

곡부에서 '캐세끼' 되다

감한 표정으로 우두망찰하니 서 있었다. 이번에는 내가 소리쳤다.

"푸우우엔 씨아오지에, 라이 량핑 피주!"

종업원보다 안내인이 더 날랜 걸음으로 맥주병을 들고 왔다. 상위에 흩어진 요리를 안주 삼아 몇 병을 더 비우고 자리에서 일어났다. 시인을 먼저 보내고 십 위 안짜리 지폐를 꺼내 들고 대신 사과하고 사례도 할 겸 여종업원을 찾았다. 안내인의 도움을 받아 사과하고 팁을 건네며 돌아서려는 데 종업원이 허리를 굽히면서 인사했다.

"닌스 캐세끼."

귀를 의심했다. 안내인에게 무슨 뜻이냐고 물었다. 안색이 창백해진 안내인이 종업원과 한참을 쑥덕대더니 깔깔대며 허리를 꺾은 뒤에 전후 사정을 설명했다. 전에 어떤 한국 관광객이 좋은 사람을 한국말로 '개새

끼'라고 가르쳐 주었단다. 오늘 보니까 내가 좋은 사람
처럼 보여서 '캐세끼'라고 했단다. 한참을 웃었다. 욕을
먹고도 이렇게 기분 좋을 수가 있을까. 이 모든 것이
시인 덕분이다. 할렐루야다.

　말도 많고 탈도 많았던 여행을 마치고 입국장을 빠
져나올 때 먼저 나와 기다리던 시인이 다가왔다. 그동
안 호의에 감사하다며 캡슐 같은 것이 든 투명한 비닐
봉투를 건넸다. 술에 타서 먹다 남은 웅담이라고 했다.
나도 덕분에 즐거웠다고 화답하고 돌아섰다.

　훗날 뒤풀이 회식자리에서 화제의 주인공은 단연 시
인이었다. 시인의 말투와 몸짓을 흉내 내며 욕도 하고
흉을 보면서 시간 가는 줄 모르고 웃고 떠들었다. 세
상에 제일 좋은 안주는 사람을 씹는 거라더니, 맞는
말인가 보다. 흉보기와 험담만한 산해진미가 없는 줄
을 그날 다시 확인했다. 시인의 만행으로부터 일행들
을 보호해줘 고맙다는 치사 아닌 치사와 함께 건네는
술잔을 족족 받아 마시고 대취했다. 융단폭격의 결과

곡부에서 '캐세끼' 되다

는 지옥이었다. 다음날 종일 숙취로 고통스러운 하루를 보냈다. 오후 늦게 정신을 수습하고 시인에게서 받은 시집을 찾아보려고 서재를 뒤졌으나 끝내 찾지 못했다. 그것도 인연이라고 문득 시인의 근황이 궁금했다. 전화번호라도 받아 두지 못한 것이 후회됐다. 참 묘한 것이 세상살이인가 보다. 귀가 간질간질한 것 같다. 누가 내 욕을 하는가 보다.

제2부 모색의 여정

아듀, 힐링!

웰빙은 가고 힐링이 대세다. 도처에 치유 담론이 넘
쳐난다. 인문학의 치유 기능에 관심이 집중되면서 인
문학도 함께 뜨는 형국이다. 바야흐로 인문학 시대가
열린 듯하다.

학계도 이런 현실에 화답하듯 인문학이 이룩한 성과
를 사회로 환원하는 실천 활동의 중요성을 강조하며
인문학 대중화를 위한 깃발을 들고 거리로 나섰다. 덕
분에 인문학 주변을 서성대던 나도 가끔 강사로 호출

아듀, 힐링!

돼 학교 밖 나들이가 잦아졌다. 재밌게 강의를 해 볼 생각으로 스타 인문학 강사들의 동영상도 구해서 보면서 대학 강의보다 더 열심히 준비했지만 청중의 반응은 무덤덤하기만 하다. 개그맨 못지않은 재치와 유머 감각, 대상 구분하지 않고 적당한 반말과 독설을 날릴 수 있는 거침없는 입담, 그리고 몸 개그도 마다지 않는 뻔뻔함 등 청중을 매료시킬 수 있는 자질이 내겐 없다. 만족스럽게 강의를 마무리한 기억이 거의 없다.

청중의 신통치 않은 반응보다도 더욱 당혹스러운 것은 뭔가 '놀아나고 있다'는 느낌과 '헛다리 짚고 있다'는 자괴감 때문이다. 인문학이 돈벌이 수단으로 전락해가는 데 일조하지 않았나하는 찜찜한 느낌과 알량한 지식으로 깊은 고민 없이, 문제의 핵심은 외면한 채 청중들에게 가짜 희망만 심어 준 것은 아닐까 하는 의구심을 떨칠 수 없다.

과거와는 비교할 수 없는 물질적 풍요 속에서도 현대인들은 오히려 더 많은 정신적, 정서적 문제로 고통받고 있는 것이 현실이다. 힐링 담론이 유행하는 것은 곧 우리 사회가 깊은 질병을 앓고 있다는 것을 반증하는 것일 터. '윤택한 삶이 곧 행복한 삶을 담보할 수 없는 이유는 무엇일까?', '현대인이 겪고 있는 질병은 과연 무엇일까?', ' 질병이 있다면 질병의 원인은 무엇이며, 어떻게 치유해야 할까?', '이러한 질문에 대한 깊은 고민과 천착이 없는 힐링 담론이 과연 가능할까?' 하는 데 생각이 미치면서 지난날 강단에서 열변을 토했던 내 모습에 낯이 화끈거렸다.

몸 건강과 마음 건강은 분리해서 논할 수 있는 것이 아니다. 마음이 괴로운데 몸이 날듯이 개운할 리 없고, 몸이 아픈데 마음이 평안할 리 만무하다. 힐링을 제대로 하자면 질병을 알아야 한다. 질병을 알기 위해서는 질병과 마주 서야 한다. 최근의 힐링 담론을 들여다보면 질병의 원인은 외면한 채 치유 효과를 끌어내기에 급급해하며 허둥대는 것이 수상쩍다. 치유라는 화두에 집착하다 보면 정작 치유의 표적인 질병에는 소홀하기 십상이다. 지금 우리 사회가 왜 치유가 필요한지에 대한 문제의식 없이 제대로 된 치유를 기대하는 것은 공허하다.

아듀, 힐링!

힐링 관련 서적이 넘쳐난다. 김난도 교수의 『아프니까 청춘이다』, 스튜어트 다이아몬드의 『어떻게 원하는 것을 얻는가』, 혜민 스님의 『멈추면 비로소 보이는 것들』, 공지영의 『네가 어떤 삶을 살든 나는 너를 응원할 것이다』 등 헤아릴 수 없이 많은 치유 담론들이 봇물을 이뤘다. 전문성으로 치장한 그럴듯한 논리를 내세워 삶에 지친 사람들을 적당히 위로하고, 한편으로는 윽박지르며 우리 모두를 잠재적 환자군으로 내몰고 있는 서적들이 범람하고 있다. 글줄깨나 쓰는 대학 교수들의 힐링 관련 서적이 베스트 셀러 반열에 오르더니 뒤를 이어 스님·목사·신부 등 종교인들이 이 대열에 합세하면서 대형서점에는 힐링 관련 서적 코너가 따로 마련되어 있을 정도다.

읽을 때는 달콤하고 따끈한 위안을 주지만 책을 덮고 나면 아무것도 변하지 않는 현실에 대한 좌절감, 공허감이 여전히 남아있는 치유 담론은 가짜다. 저자의 권위와 명성에 현혹돼 지갑을 열었던 독자들이 '청춘만 아프냐? 노년도 아프다', '천 번 흔들리니까 어지럽기만 하다', '멈추었는데도 뵈는 게 없다', '너의 응원 따위는 사양할 거야' 등과 같은 댓글로 비아냥대는 데는 다 이유가 있다. 고통의 원인을 구체적이고도 근본적으로 해결해 주지 않는 위로는 공허할 뿐이다.

이들 힐링 담론들은 우리 사회를 팍팍하게 만드는 근본적이고 구조적인 원인에 대해 침묵하거나 외면하는 데서 한계를 드러내고 있다. 사회의 구조적 모순을 외면한 채, 그로 인해 사람들이 겪고 있는 고통을 개인적 차원의 문제로 환원하고 치유를 논하는 것은 문제의 근본적인 해결책이 될 수 없다.

위로는 필요하지만, 그것만으로는 충분하지 않다. 정신적 고통을 근본적으로 치유하기 위해서는 문제의 핵심에 접근해 가는 자세가 필요하다. 위로하며 잊으라고 망각을 권유하는 치유 담론은 가짜다. 슬픔은 슬픔대로 기쁨은 기쁨대로 간직하는 삶, 슬픔을 망각하기보다는 슬픔이 무르익은 그곳에서 새로운 모색을 하는 삶이 진격한 삶이다. 아픔에서 벗어나기 위한 노력은 필요하지만 아픔을 잊는 것은 삶의 큰 자산을 용도 폐기하는 일이기 때문이다.

아듀, 힐링!

84

    나는 오늘도 예고 없이, 단 한마디 꾸중도 남기지
않고 홀연히 세상을 뜨신 아버지에 대한 불효를 떠올
리며 홀로 되신 어머니 모시는 일을 궁리한다. 못난
남편을 대신해 가장 노릇을 떠안은 고단한 아내의 모
습을 보며 남편 된 도리를 자문한다. 한때 자식 자랑
을 낙으로 알고 살았던 내게 연이어 배반의 고통을 안
기는 자식들을 보며 '자식 둔 부모로서 남의 자식 흉
보지 말라'던 선인들의 가르침을 곱씹는다. 그러면서
이제는 아련한 추억이 되었지만 녀석들이 내게 주었던
가늠할 수 없는 큰 기쁨에 감사한다. '개똥밭에 굴러도
이승'이라는 말이 무색하게, 이 세상의 삶이 얼마나 고
통스러웠으면, 평균 수명이 여든을 훨씬 넘긴 오늘날
갓 쉰을 넘긴 나이에 세상을 등진 친구를 기억하며 참
사귐을 생각한다.

    술 몇 잔으로 털어버릴 수 있는 슬픔은 슬픔이 아니
다. 망각은 진정한 위로도, 치유도 아니다. 고통을 저
작(詛嚼)하며 근본에 즉(卽)하는 것이 진정한 치유다.

제2부 모색의 여정

이쯤에서 달콤하고 따끈한 치유와 결별을 고한다. 아
듀, 힐링!

아듀, 힐링!

에포닌을 위한 변명

빅토르 위고의 『레미제라블』은 프랑스에서 성경 다음으로 많이 읽힌 소설로 유명하다. 작가가 17년에 걸쳐 완성한 『레미제라블』은 단순한 소설이 아니라 역사와 종교와 철학 등 인간사의 모든 영역을 다루고 있는 철학서이며 사회과학 논문이라고 할 수 있다. 우리에게는 영화나 뮤지컬로 더 잘 알려진 작품이다.

자베르. 주역인데도 장발장에 가려져 주목받지 못한

인물이다. 소설 속의 자베르는 진정한 워커홀릭이다. 열심히 일한 것이 화근이 돼 자살한 불행한 인물이다. 그의 이름만 들어도 죄인들이 줄행랑을 칠 정도로 능력 있는 경찰이다. 자베르의 생활은 청빈·헌신·청렴·유흥의 전무 등으로 묘사될 정도다.

자베르는 파리 경찰청장이었던 국무대신의 비서관의 후원으로 40세의 이른 나이에 사복 경찰로 승진한다. 빠른 승진은 자베르가 누구보다도 충실한 경찰이었음은 말해준다.

자베르는 몽트뢰유 쉬르메르 시장이자 공장 사장으로 시민들의 존경을 받고 있던 마들렌 시장을 장발장으로 의심했던 일로 스스로 파면을 요청할 정도로 정직한 인물이다. 마들렌 시장이 마차에 깔린 포슈르방을 구해준 사건을 목격한 자베르는 시장이 장발방임을 확신하고 파리 경찰청장에 시장을 고발한다. 다른 자가 장발장으로 붙잡혔다는 소식을 듣고 '하급 관리인 자신이 행정관인 시장을 심하게 모독했다'며 자신을 파면시켜 달라고 청원한다.

자베르는 죽기 전에 '행정을 위한 메모'를 남길 정도

로 청렴하고 충직한 인물이다. 장발장이 보여준 인간적인 행동 때문에 일생 동안 지켜온 악에 대한 자신의 신념이 무너지는 걸 느끼는 자베르는 '행정을 위한 메모'라는 유서를 남긴다. 유서에는 사법제도에서 잘못됐다고 생각하는 것을 지적한 내용과 훌륭한 직무수행을 위한 10가지 의견이 적혀 있다.

　장발장의 관용이 자베르를 무너뜨렸다. 빅토르 위고는 소설에서 자베르가 죽기 전 고뇌하는 장면을 무려 스무 쪽에 걸쳐 기술해 놓았다. 자신의 추적으로 고통받았던 장발장이 복수할 수 있는 상황에서 자기를 살려준 것을 계기로 자베르는 혼란에 빠진다.
　'자선을 베푸는 범죄자, 동정심 많고, 온화하고, 돕기를 좋아하고, 관대하고, 악을 선으로 갚고, 증오를 용서로 갚고, 복수보다 연민의 정을 선호하고, 적을 파멸시키기보다 자신을 파멸시키기를 더 좋아하고, 저를 때린 자를 구조하고, 덕 위에서 무릎을 꿇고, 인간보다 천사에 더 가까운 징역수'의 존재를 인정하지 않을 수 없는 자베르는 갈등한다.

제2부 모색의 여정

다시 장발장을 추적하던 자베르는 마리우스를 구해 하수구에서 나오는 장발장과 마주친다. 장발장은 자베르에게 마리우스를 병원에 맡기고 갈 수 있게 해달라고 부탁한다. 어찌 된 일인지 자베르는 마리우스와 장발장을 마차에 태우고 장발장의 요구대로 마리우스를 질노르망의 집에 데려다준다. 그리고 마차 삯까지 대신 지불하고 장발장을 기다리지 않고 사라진다.

법치에 의한 사회 질서는 자베르의 평생 신념이었다. 지금까지 자신이 믿어왔던 가치관이 무너진 것이다. 자신이 믿어왔던 정의보다 더 높은 가치인 자비와 사랑의 힘에 굴복한 자베르는 그동안 자신이 가난한 자들과 범죄자들에게 가혹하게만 대했다는 사실에 죄책감을 느낀다. 자신의 성실함이 가난하고 억압받는 이들에게는 공포였음을 깨달은 자베르는 센강에 투신함으로써 내면의 갈등을 끝낸다. 타락한 자들은 반드시 대가를 치러야만 한다며, 그들을 찾아서 반드시 창살에 가두겠다며, 그때까지는 절대 멈추지 않겠다고 별에게 맹세했던 자베르다. 그런 경찰의 의무를 저버린 자신을 스스로 단죄한 자베르의 최후는 비장하기까지

에포닌을 위한 변명

하다. 이쯤에서 모자를 벗고 경의를 표해야 할 것 같
다.

　자베르가 장발장에게 가려져 주목받지 못했다면 에
포닌은 코제트 때문에 주목받지 못한 인물이다. 마리
우스를 짝사랑했지만 살아서는 사랑받지 못하고 마지
막 숨을 거두면서 잠깐 사랑받았던 비운의 여인이다.
　에포닌은 돈을 위해서라면 수단과 방법을 가리지 않
는 몰염치하고 음험한 남자, 코제트를 양육한다는 명
목으로 판틴에게서 수시로 돈을 뜯어가지만 사실 코제
트를 하인처럼 부려먹었던 불한당 테나르디에의 딸이
다. 소설 속의 에포닌은 그야말로 질투의 화신이다. 마
리우스를 짝사랑해 그가 코세트와 헤어지도록 종용히
며, 장발장에게 '이사 가라'는 협박편지를 보내고, 코제
트가 마리우스에게 쓴 편지도 가로채고 전달해주지 않
는다. 에포닌은 질투한다. '내가 못 가질 바에는 아무
도 못 가져!' 에포닌은 코제트에게 빼앗기느니 차라리
마리우스가 죽기를 바라며, 친구들의 이름을 빌려 그
를 바리케이드로 유인한다. 하지만 결국 마리우스를

대신해 총에 맞아 죽는다. 에포닌은 마리우스의 품에 안겨서 숨을 거두면서 속삭인다. 소설 속의 그 대목이다.

"내가 죽거들랑 이마에 키스해 주겠다고 약속해 주세요. 나는 그걸 느낄 거예요."

그녀는 마리우스의 무릎 위에 다시 머리를 떨어뜨리고 눈을 감았다. 그는 이 가엾은 여자의 혼이 떠났다고 믿었다. 에포닌은 움직이지 않고 있다가 갑자기, 그녀가 영원히 잠들었다고 마리우스가 생각하는 순간, 그녀는 천천히 눈을 떴는데 그 눈에는 죽음의 깊은 어둠이 나타나 있었으며, 그녀는 벌써 저승에서 오는 것 같은 부드러운 어조로 그에게 말했다.

"그리고 또 말이에요, 마리우스 씨. 나는 당신을 좀 사랑하고 있었던 것 같아요."

그녀는 또 다시 미소를 지어 보려고 하다가 숨이 끊어졌다.

뮤지컬 「레미제라블」에서 에포닌이 불렀던 「On My Own」을 번역한 가사다.

에포닌을 위한 변명

(전략) 이 밤 다 지나가면 / 사라져 강물은 그저 강물 / 너 없이 거리는 낯선 풍경 / 저 많은 나무 거리마다 / 나만 홀로 걷네 / 사랑해 / 매일 아침 눈 뜨지만 / 평생을 그와 상상 속에 살아 / 날 두고 그 혼자만의 세상 / 난 알지 못한 행복으로 / 가버리는 너 / 사랑해 / 사랑해 / 사랑해 / 하지만 나 홀로……

마리우스를 향한 에포닌의 마음은 닿을 데가 없다. 강물은 흘러도 '그저 강물'일 뿐이고, 가로수 늘어선 거리는 낯설기만 하다. 매 순간 마리우스를 짝사랑하며 하루하루를 살아가지만 그건 상상 속의 사랑일 뿐, 그는 내가 알지 못하는 행복 속으로 가버리고 나는 홀로 남겨져 다만 그를 그리워할 뿐이다.

애절하다 못해 서럽다. 자베르의 죽음이 비장했다면 에포닌의 죽음은 숭고하다. 코제트를 위해 헌신한 장 발장도 숭고하지만 사랑하는 사람을 위해 대신 목숨을 던진 에포닌도 숭고한 것 아닐까?

내친김에 에포닌을 질투의 화신으로 만든 코제트는 어떤 인물일까.

제2부 모색의 여정

판틴의 딸이다. 어릴 때 지나가던 사람이 불러준 '판틴'이 이름이 된 여인, 부모가 누군지도 모르는 가난한 여인이 코제트의 엄마다. 판틴은 스물을 갓 넘겼을 때 돈 많은 난봉꾼인 서른 살의 톨로미에스와 사귀다 딸 코제트를 낳았지만 버림받는다. 돈을 벌기 위해 딸 코제트를 테나르디에 부부에게 맡기고 장발장이 사장인 공장에서 일하지만, 미혼모란 이유로 쫓겨나 가혹한 시련을 겪는다. 몸까지 팔아야 했던 판틴이 병으로 세상을 떠나면서 장발장에게 맡긴, 아니 장발장이 떠맡은 아이가 코제트다.

장발장의 지극한 보살핌을 받으며 아름다운 숙녀로 성장한 코제트는 공원을 산책하다 마주친 마리우스와 사랑에 빠진다. 그리고 장발장의 보이지 않는 희생으로 마침내 마리우스와 결혼한다. 두 사람이 결혼한 후 장발장은 코제트의 미래를 위해 신분을 감추기로 하고 코제트에게 자신을 '장 씨'라고 부르라 하고, 자신은 코제트를 '마님'이라 부르며 딸과 작별을 준비한다. 처음에는 어리둥절하던 코제트는 신혼의 단꿈에 취해 장발장의 존재를 곧 잊는다. 남편이 된 마리우스가 장발

에포닌을 위한 변명

장을 꺼리는 것을 알고 아버지를 멀리한 것이다. 딸내
미 키워봤자 소용없다는 말이 나올 법도 하다.

시쳇말로 왕재수가 아닌가. 엄마 잘못 만나 어린 시
절 잠깐 고생했지만 장발장의 과분한 사랑을 받으며
성장하고, 결혼해서는 더 과분한 행복을 누린 인물이
코제트다. 반면에 에포닌은 나쁜 아빠 만나 손가락질
받으며 거리에서 고생하다가, 짝사랑하는 마리우스를
목숨 바쳐 구한 비운의 천사다.

'착한 코제트, 나쁜 에포닌'의 고정관념을 버릴 때가
됐다. 코제트의 사랑은 아름답고 에포닌의 사랑은 천
박한가. 아니다. 코제트의 사랑은 가볍고 에포닌의 사
랑은 무겁다. 코제트의 사랑이 캐시미론 이불이라면
에포닌의 사랑은 목화솜 이불이다. 에포닌의 사랑은
무겁지만 포근하다.

에포닌의 항변이 들리는 듯하다.

"왜 나만 미워해!"

편편상(片片想)

□ 방동리

  지난여름 장마는 징글징글했다. 여름 내내 방동리에
머물렀다. 방동리는 나의 해방구다. 일상이면서도 일상
이 아닌 삶이 방동리 생활이다. 딱히 해야 할 일도, 정
해 놓은 일이 있는 것도 아닌데 방동리만 가면 분주하
다. 아내가 지시한 일이 없으면 일의 순서도, 완급도,
결과도 신경 쓸 것 없는데도 쉴 틈이 없다. 틈만 나면

방동리로 달음질치는 까닭은 그곳에 머무는 동안, 몸은 고달파도 머리는 투명하기 때문이다. 영혼의 멍때리기라고나 할까? 고양이와 닭과 딱새와 물까치와 꽃나무와 잡초와 그리고 ……. 방동리에 가면 몸과 마음이 날 것같이 가뿐하다. 청량음료나 약국에서 파는 피로회복제 따위로는 어림도 없다. 내가 방동리를 사랑하는 이유다.

　방동리에서 나는 내 안에 숨어 있는 다양한 DNA를 발견한다. 선친의 술 실력과 허풍, 대목수였던 외조부의 손재주, 시골 서당 훈장이었던 조부의 글재주, 고향 만천리가 주조(鑄造)한 촌놈 DNA까지.

　내게 있어 방농리는 수식으로 표힌하자면 '방동리 $\leq$ 만천리 $\leq$ 고향' 쯤 된다. 고향이 상수(π)라면 방동리와 만천리는 '$\pi \pm \alpha(\alpha \rightarrow 0)$'라고나 할까. 방동리는 내 삶의 모든 것을 수렴하는 블랙홀이다. 방동리를 좋아할 수밖에 없는 또 다른 이유다.

□ 만천리

　평소에는 바닥을 드러냈다가 여름 한 철 잠깐 시내 구실을 하던 방동리 누거 앞을 흐르는 개울이 올해는 범람할 정도로 물이 넘쳤다. 넘실대는 물을 바라보며 영화 「어바웃 타임 About Time」의 주인공처럼 시간 여행자가 되어 고향 만천리로 향한다.

　만천리(萬泉里). 동네 이름 때문인지 어린 시절 물과 관련한 추억이 유난히 많다. 집 앞을 흐르는 개울은 사시사철 다양한 모습의 물로 흘렀다. 봄에는 만원 버스에 몸을 실은 아랫말 여고생처럼, 여름에는 월남전에서 미쳐 돌아온 영원한 해병 학수처럼, 가을에는 마음씨 좋은 소사 마누라처럼, 겨울에는 마누라 패고 성주할멈 술도가로 향하는 미장이 아저씨처럼, 그렇게 개울은 철마다 태를 바꾸며 흘렀다. 동무들과 어울려 건넛마을 야트막한 야산을 넘으면 절골 연못이 악동들을 반겼다. 텃세가 심한 뒤뚜르 형님들(?) 눈을 피해 오리 남짓한 소양강가로 모험적인 물놀이 갔던 추억도 생생하다.

변변한 놀이시설이 없던 시절 초등학교 운동장과 개울이나 연못, 그리고 강은 악동들에게는 더없이 좋은 놀이터였다. 장맛비가 멈추면 애 어른 할 것 없이 강에서 올라온 물고기를 잡으려고 개울로 몰려들었다. 삼태기·족대·그물·체 등 고기 잡는 도구도 다양했다. 빠질 내가 아니다. 몰래 곳간 벽에 걸린 큼직한 체를 꺼내 개울로 내달려 사람들 틈에 끼었다. 집에 돌아왔을 때 주전자 가득한 물고기를 보고 아버지는 반겼고, 망가진 체를 본 어머니는 사정없이 뺨을 올려붙였다. 한편으로는 뿌듯하고, 한편으로는 억울한, 참으로 애매하기 짝이 없던 시절이었다.

여름이면 연못이나 강에서 자맥질하며 하루를 보냈다. 수영복은 들어보지도 본적도 없던 시절이라 알몸으로 풍덩거렸다. 사람이 지나가면 물속에 몸을 숨기고 목만 내놓고 버둥거리다가 물도 많이 먹었다. 동네를 '양짓말'과 '응달말'로 가르며 흐르는 개울을 막아 만든 보는 밤이 되면 종일 들일에 지친 아낙들의 휴식

처였다. 어른들 말로 '대가리가 여문' 형들의 관음벽에 이끌려 어두운 둑방길을 살금살금 기어가던 기억을 떠올리면 지금도 얼굴이 화끈거린다.

겨울이면 연못은 얼음판으로 변하였고, 얼음판은 더 없이 좋은 놀이터였다. 변변한 스케이트를 가진 아이는 거의 없었고, 탄피 통 뚜껑을 개조한 썰매가 그중 으뜸이었던 시절. 그래도 마냥 즐거웠다.

좋은 추억만 있는 것은 아니다. 어느 해 봄, 경찰봉을 찬 아저씨들이 자전거를 타고 양짓말로 달려가는 것을 보았다. 학교 앞 문구사에서 점원으로 일하던 정씨네 처녀가 목을 맸다. 동네서 제일 예쁜 누나였다.

큰 홍수가 나던 해 신 주사네 막내가 큰물에 쓸려갔다. 실성한 주사댁의 동공 풀린 표정을 마주친 날 밤에는 어김없이 가위눌림에 시달렸다.

논에서 피사리하다가 딸 여섯을 나은 끝에 얻은 귀한 아들을 관수로에서 잃은 미경 엄마는 낮술에 취해 학교 운동장을 뛰어다녔다.

어느 이른 봄, 녹은 얼음 위로 강을 건너던 땜장이

편편상(片片想)

아저씨도 물에 빠져 세상을 떠났다. 길에서 마주치면 놀려댔던 그 집 딸이 불쌍해서 급식으로 받은 옥수수 빵을 남몰래 손에 쥐어주던 기억이 아프다.

만천리의 개울과 연못과 강은 그렇게 성장기의 배경이었고, 정신적 상흔의 진원이었다.

□ 갤러리에서

작품을 감상하는 일은 새로운 세상을 향한 창을 여는 것이다. 2012년 여름. 네덜란드에서 열리는 세계철학치료학술대회에 참가했다가 짬을 내 반 고흐 미술관을 찾았다. 땡볕 아래서 두 시간 넘게 줄을 서서 기다리다가 지쳐서야 입장할 수 있었다. 인터넷이나 미술관련 서적들을 통해 이미 보았던 그림들이었지만 원작에 대한 기대가 컸던 터라 찬찬히 감상하기로 했다. 작품 설명이 영어, 일본어, 중국어로만 되어 있어서 짧은 영어 실력으로는 그럴 수밖에 없었다. 머지않아 우리말 설명도 더 해질 날을 기대하며 반나절 동안 고흐와 함께 파리 몽마르트 언덕을 걷고 프로방스의 한적한 아를 시골길을, 그리고 노란색으로 가득한 화가의 화실을 기웃거렸다. 아를에 갈 기회가 있으면 꼭 고흐를 무너뜨렸던 압생트를 마셔보겠다는 생각을 했다.

> 내가 그의 이름을 불러주기 전에는 / 그는 다만 / 하나의 몸짓에 지나지 않았다. //
> 내가 그의 이름을 불러주었을 때 / 그는 나에게로 와서 / 꽃이 되었다. //
> 내가 그의 이름을 불러준 것처럼 / 나의 이 빛깔과 향기에 알맞은 / 누가 나의 이름을 불러다오. / 그에게로 가서 나도 / 그의 꽃이 되고 싶다. //
> 우리들은 모두 / 무엇이 되고 싶다. / 너는 나에게, 나는 너에게 / 잊혀지지 않는 하나의 의미가 되고 싶다. //

김춘수 시인의 「꽃」 전문이다. 너무 자주 인용되어 식상한 느낌마저 든다. 그렇다고 해도 시에 담긴 관계 맺기의 의미는 영롱하다.

인간에 대한 정의는 다양하다. 도구를 사용할 줄 안다고 해서 호모 파베르, 삶을 즐길 줄 안다고 해서 호모 루덴스, 직립 보행을 한다고 해서 호모 에렉투스, 또 언어를 사용한다고 해서 호모 로퀜스라고 정의한다. 이밖에도 호모 에코노미쿠스, 호모 폴리티쿠스 등등 인간은 인간만이 지닌 여러 특성에 따라 다양하게 정의된다.

인간에 대한 중요한 정의 중의 하나는 사회적 동물이라는 정의다. 동물의 무리와는 달리 인간은 문화적 규범을 공유하고 한데 섞여서 세상을 살아가는 존재다. 세상에 태어나서는 부모의 보살핌 속에 성장하면서 가족의 일원이 된다. 자라면서 자기 정체성에 눈 뜨고, 자신만의 세계로 침잠하는 듯하지만 곧 외로움 때문에 타인들 주변을 기웃거린다. 그리고는 동창회, 향우회, 등산모임, 낚시모임, 각종 농호회 등의 활동을 하며 여러 겹의 관계를 맺으면서 살아간다.

이렇듯 현대인은 중첩적인 관계망에 포획되어 살아가는 존재다. 관계와 소통에 서툴러서는 행복하게 살 수 없다. 작품을 감상하는 것만큼 편안한 관계와 소통을 담보하는 일도 없다. 작품을 감상하는 일은 새로운 세계를 향한 문을 여는 행위다. 텍스트의 의미를 생성하고 여백을 채우는 능동적인 행위를 통해서, 작품으로 남은 부재중인 작가와 끊임없이 수다를 떠는 즐거움. 갤러리가 우리 가까이에 있어야 하는 이유다.

□ 「겨울연가」 시즌 2를 꿈꾸다

제러미 리프킨, 조지프 S. 나이, 앨빈 토플러 등에 의하면 미래 사회는 접속과 문화가 재화가 되는 세상이다. 이미 그런 세상이 됐다. 현대 사회는 '하드 파워'가 아닌, 사람의 마음을 움직이는 '소프트파워'를 지닌 나라가 주도하는 세상, 서비스하는 것·생각하는 것·아는 것·경험하는 것이 부를 창출하는 세상이다.

문화의 소통 방식은 공감이다. 공감은 고립이 아닌 관계 속에서 가능하다. 편 가르기는 올바른 관계맺음이 아니며, 배제를 전제로 한 '우리'는 진정한 우리가 아니다. 그 속에 또 다른 작은 균열이 잠복해 있기 때문이다. 동종교배는 퇴보의 길이다. 영국 왕실의 근친혼이 가져온 재앙을 우리는 익히 알고 있다. 생각도

편편상(片片想)

마찬가지다. 유전자 다양성이 종의 건강을 담보하듯, 생각의 다양성이 문화의 우수성을 담보한다. 사공이 많은 세상이 건강한 세상이다.

도쿄 교외 하네다 공항에 2천여 명의 아줌마 부대 집결, 전세기편으로 인천공항으로 이동, 50대의 최신형 관광버스에 분승하여 경춘국도를 달려 춘천 도착, 3교대로 닭갈비 골목에서 식사, 극 중 준상이네 집에서 사진 찍기, 남이섬으로 ……

방송 드라마 한편이 연출한 풍경이다. 『겨울연가』 관련 국내 총 매출 2조, 우리가 파생상품에 대한 권리를 챙기지 못해 일본이 올린 매출은 4조로 두 나라 총 매출이 6조다. 문화콘텐츠산업의 중요성은 굳이 설명할 필요가 없다.

사공이 많은 세상, 이단자가 많은 세상, 하지만 마주 앉아 수다 떨고 더불어 사는 세상, 구호가 아니라 거리를 걸으면 문화시민으로서 긍지를 느낄 수 있는 도시, 내가 꿈꾸는 춘천이다.

□ 서글픈 패러디 놀이

저것은 벽
어쩔 수 없는 벽이라고 내가 느낄 때

그 때,
아내는 말없이 그 벽을 오른다.

저것은 넘을 수 없는 벽이라고
고개를 떨구고 있을 때

아내는
나와 자식들을 이끌고

결국 그 벽을 넘었다.

『하워드의 선물』은 미국 경영학계의 살아 있는 전설
이자 하버드 경영대학원 최고의 교수인 하워드 스티븐
슨의 제자 에릭 시노웨이(Eric Sinoway)와 메릴 미도
우(Merrill Meadow)가 함께 쓴 책이다. 수많은 인생의
갈림길에서 갈팡대는 독자들에게 '후회 없는 인생을

편편상(片片想)

사는 12가지 지혜'를 전해 준다고 선전하고 있지만, 석
학의 지혜라고 모든 사람에게 똑같이 큰 울림을 주는
것은 아니다. 다만 속지에 담긴 "걸려 넘어진 곳, 그곳
이 인생의 전환점이다."는 말은 오래 남는다.

　살면서 벽을 느낀 적이 한두 번이 아니었지만, 그래
도 여기까지 왔다. 어느 학회에서 만난 노학자의 말씀
이 이순(耳順)의 나이를 넘기면 제일 먼저 걷는 법부
터 다시 배워야 한단다. 조심하라는 뜻이리라. 눈도 침
침해져 시력이 예전만 못하지만 남은 생은 돌부리를
살피며 걷겠다.

□ 다시 갤러리에서

　'앙가주망(engagement)'.

　철학자 사르트르는 말했다, 부조리한 현실을 바꿀
수 있는 것은 '앙가주망'뿐 이라고.

　'톨레랑스(tolerance)'와 더불어 프랑스 정신의 근간
을 이루는 '앙가주망'은 원래 계약·서약·구속 등의

의미를 가지는데 여기에 사르트르는 참여라는 의미를
더했다.

다양한 철학적 사유의 스펙트럼 속에서 사르트르 사
상의 지향점을 한마디로 규정한다면 '인간에 대한 이
해'라고 할 수 있을 것이다. '실존은 본질에 앞선다.'는
명제에서 출발한 그의 사유는 절대 자유를 향한 고단
한 도정(道程)이라고 할 수 있다. 사르트르에 의하면
세계에 내던져진 인간은 자신의 선택에 따라 삶을 만
들어 나가는 자유로운 존재다. 하지만 고립된 존재가
아닌, 타인과 더불어 살아가는 존재다. 자신이 선택한
일에 대해 책임을 져야 하는 존재, 함께 살아가는 타
인에 대해서도 책임을 져야 하는 존재다.

사르트르 철학의 울림이 큰 것은 그의 철학이 치열
한 실천을 통해 완성된 것이기 때문이다. 제2차 세계
대전을 통해 마르스적인 폭력이 일상화된 현실을 목도
하면서 사르트르의 관심은 개인에서 타인과 사회로 향
한다. 폭력과 착취, 억압이 있는 한 인간은 결코 자유
로울 수 없다는 사실을 깨달았기 때문에 사르트르는
'행동하는 지성'으로서 삶 속에서 철저히 '앙가주망'을

실천한다. 알제리 전쟁, 미국의 베트남 참전, 프랑스 68혁명의 중심에 서서 비판적인 목소리를 높인 것이 이를 뒷받침한다. 사르트르는 말한다, 자유에 따르는 책임이 무겁게 느껴진다고 해서 회피하고 침묵하는 것은 '자기기만'이라고.

매체 환경이 변화하면서 문화의 소통 방식도 예전과는 많이 달라졌다. 그러나 아직도 정보 엘리트들, 전근대적 권위의 미몽에서 벗어나지 못한 작가들, 학연 지연 등과 같은 시대착오적인 인연에 발목 잡혀 주례사 비평을 쏟아내는 사이비 비평가들, 고황이 든 작가들의 목줄을 쥐고 흔드는 장사꾼들이 문화판을 좌지우지하고 있는 것이 현실이다. 그 와중에 문화 항수자들은 늘 목이 마르다. 이제 판을 갈아엎어야 할 때다. 모두가 나서 외쳐야 할 때다. 껍데기는 가라, 가짜들은 꺼지라고!

잘 알지도 못하면서

대형마트에 갔다가 오래간만에 과거 직장 동료 L을 만났다. 과하달 정도로 반가워하는 L과 달리 나는 어정쩡하게 굴었다. 두 팔을 벌려 끌어안으려는 L을 밀치지는 않았지만 뻣뻣하게 서서 반응하지 않았다. 잡은 손을 놓지 않고 계속 흔들어대 난감했다. 그가 이런저런 안부를 물었지만 성의 없는 답변만 하다가 헤어졌다.

재직 시절 L은 동료들 사이에서는 '빅 마우스', 또는 확장의 의미를 함축한 단어 '스테레오'와 입의 비속어인 '아가리'를 합성한 '스테레오가리'로 통했다. 모든 소문은 L에게서 나와 그에게 돌아갔다. '사람들 입에 오르내려 전하여 들리는 말'이라는 뜻풀이에서 알 수 있듯이 소문은 내용의 진위와는 상관없이 떠도는 말도 적지 않다. 소문은 사실대로 전해지기보다는 전파되는 과정에서 부풀려지거나 왜곡되는 경우가 많다. L은 소문에 살을 붙이고 양념을 쳐서 듣는 사람들을 솔깃하게 하는 재주가 남달랐다. L은 은근히 소주나 한 잔 하자며 사람을 불러내고는 누가 음주운전에 걸려 징계를 받았다는 둥, 기러기 아빠인 김 모가 호프집 여사장과 정분이 났는데 소문을 전해 들은 아내가 급거 귀국해 대판 싸움이 벌어졌다는 둥, 이 모의 아내가 바람을 피워 곧 이혼할 것 같다는 둥, 누구 아들이 학교 폭력으로 전학을 갈 것 같다는 둥 대부분 소문의 당사자들이 감추고 싶어 하는 궂긴 가정사를 고자질하듯 떠벌였다.

나도 가끔 L의 초대를 받아 그를 독대하는 영광을 누렸었다. 그때마다 L의 말에 고개를 끄덕이며 놀란 표정으로 '그래요?'를 반복하다 보면 L은 신명에 들뜨고, 나는 판단력을 잃고 그의 말에 넘어가기 직전으로 내몰리곤 했다. 어쩌다 소문의 주인공을 감싸거나 그의 말을 믿을 수 없다고 하면 L은 돌연 태도를 바꾸어 "잘 알지도 못하면서!"라며 핏대를 올렸다.

발 없는 말이 천 리를 간다고 하지 않았던가. L이 퍼뜨린 소문으로 곤욕을 치른 사람들이 얼굴을 붉히는 일이 잦아지면서 L은 동료들로부터 외면당했고, 차츰 양치기 소년이 되어갔다. L에게서 '잘 알지도 못하면서'라는 핀잔을 수차례 들은 후에 나도 L을 멀리했다.

홍상수 감독의 영화 「잘 알지도 못하면서」는 자기 반영성이 짙은 작품이다. 홍상수 감독은 이미 고인이 된 김기덕 감독과 함께 세계 유명 영화제의 각종 상을 경쟁적으로 수상하며 한국 영화의 위상을 높인 인물이다. 저예산으로 내로라하는 배우들을 한데 모아서 관객들을 난감하게 만드는 영화를 만드는 신통한 재주를 지닌 감독으로 정평이 나 있다. 「잘 알지도 못하면서」
에도 김태우·고현정·엄지원·정유미·하정우·공형
진·유준상 등 주연급 배우들이 함께 출연했다.

홍상수의 영화를 처음 접한 관객들은 난해하다고,
잘 알 수 없다고 불평한다. 그러다가 어느 순간 그가
영화 속에 숨겨 놓은 난해함을 해결할 열쇠를 발견하
고는 무릎을 친다. 그리고는 홍상수의 열렬한 신도가
된다.

「잘 알지도 못하면서」는 예술영화 감독인 주인공이
열이틀의 시간 간격을 두고 제천과 제주에서 겪은 두
개의 에피소드를 대구형식으로 배치한 서사구조를 갖
고 있다.

제천영화제 심사위원으로 초청받은 영화감독 구경남
은 우연히 그곳에서 오래전에 헤어진 후배를 만난다.
후배의 권유를 거절하지 못하고 후배 집을 방문하게
된 구경남은 후배의 아내와 함께 술을 마시고, 모두가
취한 상태에서 일어난 돌발 상황 때문에 파렴치한으로
몰려 그길로 영화제를 떠난다.

열이틀 후, 제주영상위원회에서 일하는 학교 선배의 초청으로 제주도에 간 구경남은 특강을 마치고 그곳에서 평소 존경하던 선배 화가를 만난다. 그리고 초대받아 간 선배의 집에서 선배 화가의 재혼한 부인이 된 대학 시절 자신의 첫사랑이었던 고순과 재회한다.

주인공 구경남이 겪는 각각의 에피소드는 따로 동떨어져 있으면서 동시에 여러 측면에서 닿아있다. 도시를 등지고 내려와 자연주의적인 삶을 사는 후배, 세 남자를 거치고 사랑에 실패한 뒤 선배와 결혼한 고순 모두 새 삶을 찾기 위한 몸부림치지만, 그들은 자신들이 추구하는 새 삶을 잘 모른다.

예술영화 감독으로 촉망받는 구경남도 이들과는 달리 모든 걸 알고 있는 척하지만, 학생의 말처럼 '사람들이 이해도 못할 영화를 만드는 사람일 뿐'이다. 또 고순의 충고처럼 '잘 알지도 못하면서 아는 척하는 사람'일 뿐이다.

장르와 표현만 다를 뿐 비슷한 내용의 창작론을 듣고 구경남에게는 "영화감독이 아니라 철학자시네요."라며 조소하고, 양 화백에게는 "선생님은 정말 천재시네요."라며 찬사를 보내는 여학생의 상반된 모습을 통해 홍 감독은 잘 알지도 못하면서 아는 척하는 상황을 보여준다.

안다고 믿는 순간 상대의 삶을 잘 알지도 못하면서 예단하고 끼어들려고 한다. 안다고 믿는 순간 상대의 실체는 가려지고 내 의식이 주조한 가면이 다가온다. 인물들 사이에 많은 말들이 오가지만 대화는 계속 어긋나고, 소통은 막히고, 관계는 틀어진다.

짧은 교직 생활할 때 겪은 일이다. 학생들에게 공 몇 개 던져주고 운동상에서 뒷짐을 지고 이정대는 체육 선생이 한없이 부러웠다. 체육 선생들이 소년체전에 참가한 기간에 젊은 남자 선생들이 돌아가면 보강을 해야 했다. 이틀 만에 코피가 터졌다. 잘 알지도 못하면서 체육 선생들은 날로 먹는다고 흥을 봤었다. 체육 선생 아무나 하는 게 아니라는 걸 그때 알았다.
수업 시간에 바느질하고 뜨개질하는 가정 선생이 한

없이 부러웠다. 가끔 가사 실습 시간에 만든 음식을 대접받으면서도 감사할 줄 몰랐다. 그러던 어느 날 연이은 실습으로 과로한 가정 선생이 쓰러졌다. 평소 그 선생을 흠모하던 체육 선생이 그를 둘러업고 읍내 의원으로 내달렸다. 잘 알지도 못하면서 대학 나오지 않아도 누구나 가정 선생을 할 수 있겠다며 얕잡아 봤었다. 가정 선생 아무나 하는 게 아니라는 걸 그때 알았다. 훗날 두 사람이 결혼했다는 소식을 들었다.

나이가 들면서 모임이 많이 줄긴 했지만, 여전히 일주일에 한두 번은 이런저런 자리에서 사람들과 어울린다. 술잔이 몇 순배 돌면 목청이 커지고 상대의 말에 귀를 닫는다. 잘 알지도 못하면서 어느 이야기에나 끼어든다. 다음 대통령은 누가 될 것이고, 시장은 누가 될 것이며, 어느 놈이 돈을 먹었고, 머지않아 집값이 폭락할 것이라며 침을 튀긴다. 잘 알지도 못하면서 점쟁이라도 된 양 돗자리를 깔려고 한다. 잘 알지도 못하면서!

'인생의 커튼콜'을 생각하다

대학 졸업 후 40년 만에 대학 연극동아리 모임에 나
갔다. 전에도 여러 번 동문 모임 참여 공지를 받았지
만 공교롭게도 다른 일들과 겹쳐 시간을 내지 못했었
다. 올해는 모임 장소가 내가 사는 춘천이라 나가지
않으면 원망을 들을 것 같아 참석했다.

모임 장소에 도착하니 이미 스무 명 넘는 선후배들
이 먼저 도착해서 자리를 잡고 있었다. 멀리 부산에서
온 후배, 서울서 온 후배, 춘천에 사는 선배 등 일행과 인사를 나누고 자리에 앉자마자 여기저기서 술잔이 몰려왔다. 몇 순배가 돌고 나니 취기가 올랐다. 목청을 높이지 않고는 대화를 할 수 없을 정도로 시끌벅적했다. 시간이 지나면서 대화는 재학 시절 공연을 준비하는 과정이나 공연할 때 있었던 일들에 대한 회상으로 자연스럽게 바뀌었다. 두 시간쯤 지나자 끼리끼리 머리를 맞대고 사업, 자식 교육, 혼사, 건강, 취미, 부동산, 주식, 정치 등 초점 없는 대화를 주고받으며 지쳐갔다.

대화도 체력도 바닥날 무렵 좌장격인 선배가 신음소리를 내며 일어섰다. 손뼉을 쳐서 좌중을 조용히 시킨후 비장하게 입을 뗐다. '연극부에 가입을 희망하는 재학생 후배가 없어서 동아리의 맥이 끊겼다, 우리가 동아리의 전통을 지켜야 한다, 그러기 위해서는 우리가 동문극단을 창단하고 공연 활동을 해야 한다'며 목소리를 높였다. 남은 인생 무대에서 멋지게 보내고 인생 커튼콜을 준비하자며 후배들을 둘러보았다. 일부는 손뼉을 치고, 일부는 고개를 끄덕여 참여 의사를 밝혔지만 나는 듣기만 했다. 취한 와중에도 창립을 위한 일

'인생의 커튼콜'을 생각하다

정을 대강 정하고 발기위원회 구성까지 마치고 다음
자리로 이동하기 위해 음식점을 나섰다. 공연을 마치
고 밤새워 쫑파티를 했던 추억을 못 잊어서 회장이 인
근에 허름한 산장을 예약했단다. 쫑파티 다음 날 아침,
먹다 남은 안주와 빈 술병들, 여기저기 웅크리고 자고
있는 동료들 사이에서 숙취의 고통과 갈증을 참지 못
해 눈을 떴던 기억이 스쳤다. 순간 탈출(?)만이 살 길
이라는 생각이 들었다. 걸음이 헛놓이는 것을 느끼면
서 멀쩡한 아내가 아프다는 핑계를 대고 일행과 헤어
졌다. 택시에 몸을 싣고 선배의 '인생의 커튼콜'을 입
속으로 뇌이면서 피식 웃었다.

　유신의 음습한 공기가 캠퍼스를 짓누르던 1975년
가을, 나는 한 선배의 꼬드김에 넘어가 연극 동아리를
찾았다.
　으레 그렇듯이 신참에게 주어지는 일이라는 게 연습
장 청소하기, 물 떠 나르기, 공연 홍보 포스트 붙이기,
세트 제작하기 등 허드렛일뿐이었다. 공연할 때마다
배역 결정에 불만을 품은 동료들이 하나둘씩 동아리를

떠났지만 나는 변변한 배역 하나 맡지 못하면서도 용케 버티었다. 졸업 공연 때, 드디어 '영원한 스태프'였던 나도 무대에 설 기회를 맞이했다. 몇 명 남지 않은 졸업생끼리 올리는 공연이라 모두가 배역을 맡을 수밖에 없었다. 공연 작품은 「블랙 코미디」. 「에쿠우스」로 우리에게 잘 알려진 피터 쉐퍼의 작품이다.

「블랙 코미디」는 인간의 내면에 감추어진 허구성, 사회의 불안정과 모순, 나날이 더해가는 물질문명에 대한 공포와 비판을 풍자의 기법을 통해 해학적으로 표현한 작품이다. 졸업을 앞둔 우리 자신들의 정체성을 고민하고, 진실한 삶의 의미를 함께 성찰해보자는 의미에서 난상토론 끝에 이 작품을 선정했다.

연극은 영국의 어느 소도시에 사는 가난한 조각가 브린즈리의 집에서 바람둥이 조각가와 그의 애인 캐롤이 벌이는 해프닝을 통해 인간의 허위의식을 통렬하게 풍자한다. 어느 날 밤, 브린즈리와 캐롤이, 캐롤의 고지식한 아버지 멜켈트 대령과 조각 작품을 보러 오기로 한 백만장자 뱀버거 씨를 맞이하기 위해, 옆방에

'인생의 커튼콜'을 생각하다

120

사는 미술품 수집상의 값비싼 가구와 조각품을 몰래 옮겨와서 자기들인 것처럼 거짓으로 치장하고 기다리던 중에 갑자기 정전 사고 일어난다.

 같은 건물에 사는 이웃인 노처녀와 여행 중인 것으로 알고 있던 옆방의 미술품 수집상이 예상한 것보다 일찍 돌아오면서 두 사람의 계획은 틀어지고 만다. 두 사람이 필사적으로 몰래 옮겨온 고가구와 조각품을 다시 제자리로 옮기던 중에 조각가의 원래 애인인 클레아가 예정보다 일찍 돌아오면서 결국 감추어진 거짓과 진실이 들통 나는 유쾌한 풍자극이다.

 「블랙 코미디」는 밝은 상황에서는 조명이 어두워지고, 어두운 장면에서는 조명이 밝아지는 독특한 설정의 조명방식만으로도 관객에게 던지는 메시지가 인상적인 작품이다. 밝은 상황에서 거짓이 횡행하고 어둠 속에서 진실이 드러나는 극적 상황은 무대 위의 현실이 아니라 우리가 사는 문명사회의 현실임을 서늘하게 풍자한 것일 터.

 연기 경험이 없는 나는 단역인 백만장자 뱀버거 역

을 맡았다. 정전으로 불이 나간 어둠 속에서 더듬거리다가 골동품을 깨뜨리고 놀라서 허둥대다가 열린 마루 뚜껑 아래로 빠지면서 퇴장하는 역할이다. 밝은 어둠 속에서의 연기가 엉망이어서 동료들에게 숱한 핀잔을 들었다. 단 30초의 출연을 위해 의상을 준비하고, 분장도 했다. 공연이 끝나고 그 차림 그대로 기념사진을 찍으면서 동료들과 함께 눈물도 흘렸다. 그 순간 나는 이제는 고인이 되신 아버지 말씀대로 광대가 되었다.

그날 이후 나는 어차피 삶이 연극과 같은 것이라면 공부하는 폼나는 광대가 되자고 다짐했다. 그 후 연극과 맺은 인연을 소중하게 가꾸기 위해 30년 넘게 시립문화관·문화예술회관·백령문화관·대학로극장 등을 부지런히 찾아다녔다. 그러는 동안 연극판에서 만난 선후배들과 어울려 허구한 날 술판을 벌여 아내의 속을 끓였다. 부끄러운 잡문도 쓰고 대학에서 강의도 했다. 책으로 묶을 만큼 글이 모이면 책도 내고, 운이 좋아 삼대가 음덕을 쌓아야 가능하다는 국립대학 교수로 임용됐다. 교수가 된 후로 지역 공연단체의 제안을 받

'인생의 키튼콜'을 생각하다

아 국제연극제 예술 감독도 해보고 공연단체의 임원으로 활동하며 폼나게 광대 노릇을 했다. 얼떨결에 인연을 맺은 연극 덕분에 이런 호사를 누릴 줄은 꿈에도 몰랐다. 선친을 거역하고 연극을 선택한 것은 내 인생에서 잘한 일 중 하나인 것이 분명하다.

동문회 이후 나는 불안 속에서 하루하루를 보내고 있다. 동문극단을 만들자던 선배한테서 연락이 올까봐 좌불안석이다. 이제는 돌아와 거울 앞에 선 내 누님같이 살고 싶은데, 함께 일을 도모하자고 할 것 같은 불길한 예감이 엄습한다. 거절을 잘 못하는 내 성품에 어정쩡하게 낚이면 낭패다. 나는 남편의 자리에서 제구실을 해본 적이 거의 없는, 아내에게는 돌아온 탕자나 다름없는 존재다. 하해와 같은 아내의 아량이 없었던들 분명 낭인으로 떠돌았을 것이다.

아니다. 아내를 위해서도, 아니 내가 살기 위해서도 이건 아니다. 스스로 다짐하면서도 자꾸 김광규의 「희미한 옛사랑의 그림자」의 마지막 구절이 떠오르는 까닭을 모르겠다.

(전략)
오랜 방황 끝에 되돌아온
우리의 옛사랑이 피흘린 곳
낯선 건물들 수상하게 들어섰고
플라타너스 가로수들은 여전히 제자리에 서서
아직도 남아 있는 몇 개의 마른 잎 흔들며
우리의 고개를 떨구게 했다.
부끄럽지 않은가
부끄럽지 않은가
바람의 속삭임 귓전으로 흘리며
우리는 짐짓 중년기의 건강을 이야기했고
또 한 발짝 깊숙이 늪으로 발을 옮겼다.

부끄럽다. 몇 개의 마른 잎으로 남아 흔들리며 내 의지를 시험하려는 선배에게 부끄럽다. 나를 빛내준 연극에게도 부끄럽다.

하지만 당당하게 말하겠다. 나는 내 인생의 커튼콜을 준비하겠다고. 아내와 아들 딸, 그리고 귀여운 손자들의 갈채를 받는 커튼콜을 준비하겠다고 말하겠다.

선배에게서 연락이 오지 않았으면 좋겠다.

'인생의 커튼콜'을 생각하다

타클라마칸 단상*

    1996년 여름, 녹아내린 유리 속을 유영하듯이 나는 일주일 넘게 타클라마칸 사막을 서성이고 있었다. 쿠처·홍산 협곡·키질 천불동·소바스 고성·베제클리크 천불동·아스타나 고분·교하고성·고창고성·화염산 등을 둘러보고 투루판에서 돈황으로 가는 야간열차에 고단한 몸을 실었다. 비행기를 두 번이나 갈아타고, 밤기차에 몸을 싣고 이틀을 밤새 달렸건만 아직도 사막 한가운데 머물고 있는 자신을 발견하고는 자연의 광대함에 주눅이 들었다.

여행은 관광의 재미뿐만 아니라 사람들을 만나고 인
연을 쌓는 보람도 있다. 하루 여정을 끝내고 저녁에
간단하게 술잔을 나누면서 자유롭게 대화를 나누는 것
만으로도 여행의 즐거움은 배가된다. 함께 중국 여행
을 자주 했던 일행들은 저녁 술자리를 야간수업이라고
했다.

돈황을 향하던 날, 그날도 흔들리는 기차에서 어김
없이 야간수업은 계속됐다. 여정이 열흘을 넘기면서
지친 기색들이 역력했다. 사소한 일로 언성을 높이는
일이 잦아지고, 인솔자와 현지 안내인들에게 별것 아
닌 일로 짜증을 냈다. 잠자리와 음식에 대한 불평이
늘면서 귀국할 날만 기다리는 눈치들이었다. 처음 며
칠 동안은 시간 장소 가리지 않고 거의 참석했던 학생
(?)들이 반 토막이 났다. 조촐하긴 했지만 마음 맞는
사람들만 모이니 오히려 부담도 없고 편했다. 야간학
교 장소는 술꾼들만 모아 놓은 내 침대칸. 네 사람이
함께 쓰는 침대칸에 십여 명이 모여 별것 아닌 농담에

타클라마칸 단상*

도 박장대소했다. 그래야만 말한 사람에게 예를 갖추는 것이라 여기면서 마시고 또 마셨다. 시간이 지나면서 화장실 핑계를 대며 나간 이들은 돌아오지 않았고, 몇몇은 턱을 괴고 졸았다. 남은 사람들은 제가 한 말도 기억하지 못하면서 동문서답을 서로 주고받았다. 가끔은 의무감에 웃고, 가끔은 심각한 표정으로 고개를 끄덕이면서 술자리는 계속됐다. 포도주·고량주·양주·소주·맥주병이 무수히 쓰러지고 마침내 일행도 하나둘 쓰러졌다.

일행 중 막내라 최선을 다해 예의를 갖추던 나도 어떻게 잠들었는지 모르게 떨어졌다. 달리는 기차에서 숙면은 애초에 기대하기 힘들었다. 두어 시간 뒤척이며 미련을 쓰나가 자리에서 일어났다. 속도 불편하고 갈증 때문에 더 누워있을 수가 없었다. 통로를 걸어 화장실을 향하다가 창가에서 졸고 있던 현지 안내인과 눈이 마주쳤다. 창밖은 아직도 한밤중이었다. 또 잘 것도 아니어서 안내인과 마주 앉았다. 우리말이 서툰 안내인과 목적지 돈황에 대해 이야기를 나눴지만 대화는 자주 끊겼다. 그렇게 시간 반을 달렸을 즈음 날이 밝으면서 창밖 풍경이 눈에 들어왔다. 돌산과 황량한 모래벌판이 이어졌다. 황량한 사막 여기저기에 가시덤불 비슷한 것이 나타났다 사라지곤 했다. 안내인에게 물었더니, 뜻밖에도 낙타풀이란다. 그러면서 사막에 살고 있는 낙타가 살기 위해 가시에 찔려 피를 흘리면서 뜯어먹는 풀이어서 낙타풀이라는 이름을 붙였단다. 순간 뭔가에 얻어맞은 느낌이 들었다. 가시에 찔리면서 낙타풀을 뜯는 낙타의 모습을 떠올리면서 팍팍한 세상에서 가장으로 사는 일이 낙타가 낙타풀을 뜯는 것과 다를 바 없다는 생각을 했다.

그 이듬해 외환위기의 한파가 몰아쳤던 그 해 겨울, 나는 집 앞 포장마차에서 소주잔을 비우면서 타클라마칸 사막에서 보았던 낙타풀을 떠올렸다. 회자정리요 거자필반이 인생사라지만 쉽게 떠날 수도 없고 새로운 희망을 가질 수도 없는 절망 속에서 피 흘리는 낙타를 보았다. 거리에는 포장마차가 넘쳤고, 조금 넓다싶은 공터에는 어김없이 조개구이집이 들어섰다. 그리고는 오래지 않아 썰물 빠지듯 사라져갔다. 하루가 멀다않

타클라마칸 단상*

고 가정을 지키지 못한 가장들의 부음이 사회면을 채
웠던 을씨년스럽던 그해 겨울에 나는 끝없는 사막을
횡단하는 낙타를 보았다. 올해는 글렀고, 내년에는 형
편이 좀 나아지질 것이라는 기대를 붙들고 끝없는 사
막을 걷는 낙타들의 행렬을 커졌다 작아졌다 하는 술
잔에서 보았다.

　요즘도 가끔 나는 모든 것이 귀찮아질 때, 모든 것
을 포기하고 쉬고 싶을 때 서지월 시인의 「낙타풀의
노래」를 떠올리며 가장의 자리로 돌아온다.

　(전략)
　사막의 낙타는 피 흘리면서까지
　너를 뜯어 먹으며
　비단을 실어 날랐지.
　나는 네가 남아서 지키고 있는 그 길을
　실크로드라 부른다.
　오늘의 내가 그 길 따라
　비단금침의 꿈 버리지 못하고
　뻗어가는 것은 낙타풀

제2부 모색의 여정

네가 있기 때문이다.

비단금침에 대한 꿈이 없다면, 사랑하는 가족이 없다면, 그리고 가끔 풀린 눈을 하고 술잔을 부딪는 동료와 이웃이 없다면 세상살이는 더 팍팍했으리라.

어떤 이는 포장마차에서 낭만을 떠올리고, 또 다른 이는 주인의 고달픈 삶을 읽어낸다. 대한민국을 대표하는 광고꾼 박웅현은 말한다, "사람들은 보이는 것을 보고 들리는 것을 듣는 것이 아니라, 보고 싶은 것을 보고 듣고 싶은 것을 듣는다."고. 맞는 말이다. 새해에는 포장마차의 낭만과 주인의 밝은 웃음을 함께 보고 싶다.

*제158회 『월간문학』 신인문학상 수필 부문 당선작

타클라마칸 단상*

장인의 집 단장*

예상했던 것보다 고립의 삶이 길어지고 있다. 자유롭게 시공을 넘나들며 삶을 향유하던 어제의 일상이 아득하기만 하다. 곧 나아지리라는 기대마저도 희미해져 답답함을 더한다. 모두가 겪는 고통이라서 누굴 탓할 수도 없는 노릇이지만 억울하기 짝이 없는 형국이다.

코로나 19 때문이라고 콕 짚어 말할 수는 없지만 부쩍 옛일을 회상하는 시간이 많아졌다. 낡은 공책이나

빛바랜 사진을 뒤적이며 생각에 잠기는 일이 잦다. 춘
천 토박이인 나는 군 복무와 짧았던 직장 생활 기간을
제외하고는 줄곧 고향에 살고 있다. 나이가 들면서 재
래시장, 육림고개, 모교 교정, 주교좌성당, 명동 거리,
공지천변, 자주 들렀던 옛날 주점 등지를 찾는 일이
잦아졌다. 늘 고향에 살았으면서도 내 삶의 시간들이
겹겹이 쌓여 있는 이들 장소들을 찾을 때면 비로소 고
향을 찾은 듯 안도감을 느낀다. 나이가 들면 추억을
먹고 산다는 말이 허투루 하는 말은 아닌가 보다.

이른 무더위가 극성을 부리던 초여름 처가를 찾았다.
자식들을 모두 성가시킨 뒤로 두 분만 사는 것이 늘
마음에 걸렸다. 자주는 아니더라도 가끔 시간을 내 찾
아뵈려고 해도 여의치 않다.
골목 입구에 들어서자 예전에 살던 처가에서 공사가
한창이었다. 의아했다. 정원에 감나무가 있는 새집으로
이사한 후로는 비워둔 집이다. 평소에 장인은 옛집을
드나들며, 청소도 하고 좋아하는 바둑 채널을 시청하
거나 낚시로 낚은 붕어를 냉동고에 얼리기도 하며 매

장인의 집 단장*

일 드나들었지만, 다른 식구들은 어쩌다 한 번씩 들르는 집이다. 처가가 있는 곳은, 과거 인근 항구에 외항선이 드나들면서 호황을 누릴 때는, 웬만한 도시도 부럽지 않을 만큼 넉넉한 동네로 인근에 초·중·고교 등 학교가 밀집해 있는 곳이다. 반세기가 넘는 세월이 흐르면서 원주민들이 세상을 뜨거나 이사를 가면서 처가 동네는 차츰 한적한 마을로 변했다. 그런 동네 한가운데 자리 잡은 옛집에서 장인이 공사판을 벌인 것이다. 현장을 보니 간단히 보수하는 차원을 넘어 새롭게 단장하는 리모델링 수준이었다. 나를 보자 장인은 지난해 장마에 빗물이 스몄다는 둥, 옥상으로 올라가는 계단에 금이 갔다는 둥, 담장이 낡아 안전에 문제가 있다는 둥 전후 사정을 설명했다. 이미 공사가 한창인데 중단할 수 있는 것도 아니고, 잘 하셨다며 대답은 했지만 매사에 신중하고 빈틈이 없는 장인의 이번 결정은 뜻밖이었다. 장인의 의중이 궁금했다.

　몇 해 전부터 장인은 가끔 나에게 당신이 살아온 이야기를 자주 하신다. 이미 고인이 된 형제들과 겪었던 일들, 여러 직장을 전전했던 사정, 옹색한 옛집에서 자식들을 키울 수밖에 없었던 사연 등등. 처음에는 장인의 내밀할 수도 있는 이야기를 듣는 것이 당혹스럽고 긴장됐었지만, 이제는 장인의 삶에 내 삶이 오버랩되면서 친근감을 넘어 동지의식(?)을 느끼게 됐다. 집 단장을 마치고 난 후 다시 처가를 찾았을 때, 장인은 옛집은 본인이 처음 장만한 집이라며 당신이 세상을 뜬 후에도 처분하지 말라는 은근한 부탁까지 하셨다. 그제서 장인이 집 단장을 고집한 이유를 알 것 같았다. 그 집은 당신에게는 옛집이 아닐 뿐만 아니라, 단순한 집의 개념도 아닌 것이다. 그곳은 비어 있어도 추억으로 충만한 장소이며, 과거로부터 현재까지 이어지는 당신의 삶이 온전히 스며있는 보금자리다. 넓고 살기 편한 집으로도 대체할 수 없는 가치가 담겨있는 장소이며, 어떤 명분으로도 훼손할 수 없는 신성한 성역이다. 그 집은 남편으로서, 아버지로서, 한 가정의 가장으로서 고단한 삶을 살면서 숱한 시련을 견뎌냈던 든든한 보루였다. 장인은 집을 단장한 것이 아니라 옛집에서 당신이 만든 추억을 소중하게 간직하고 지키려고

장인의 집 단장*

한 것이다. 장인의 옛집은 당신의 마음의 고향인 셈이다. 그걸 몰랐다니. 나는 무심한 사위였다.

앙리 르페브르는 "'공간(space)'은 물리적 개념이고 '장소(place)'는 그곳에 사람들의 관계가 누적적으로 개입하는 곳"이라고 정의했다. 공간이 물리적 속성을 갖고 있다면 장소는 삶·문화·기억·가치·생태계·공동체 등의 속성을 갖고 있다고 할 수 있다. 『공간과 장소』의 저자인 지리학자 이-푸 투안 박사 역시 '가치'를 기준으로 공간과 장소를 구분했다. 투안 박사는 "공간은 장소보다 추상적이다. 처음에는 별 특징이 없던 공간은 우리가 그곳을 더 잘 알게 되고 그곳에 가치를 부여하면서 장소가 된다."고 주장한다. 맞는 말이다. 장인의 집은 당신의 삶과 기억과 가치가 빚은 장소였다.

산업화 과정을 거쳐 현대에 이르기까지 개인의 삶이 스미어 있는 장소들이 무참하게 훼손되고 자본으로 분칠한 탐욕스런 공간이 무한하게 확장되는 몰가치적인 상황이 심화되고 있다. 장소를 위협하는 것은 자본뿐만이 아니다. 함께 살면서도 깊어만 가는 서로에 대한 몰이해도 한몫하고 있다. 장소적 실향민뿐만 아니라 정서적 실향민이 양산되는 현실이 안타까울 따름이다.

큰 불편 없는 아파트에서 살고 있으면서도 나는 여전히 고향집을 그리워한다. 가끔 오가다가 흔적도 없이 사라진 고향집 자리에 들어선 고층 아파트를 보면, 내가 부유하는 존재처럼 가벼워지는 것을 느낀다. 괴물 같은 고층아파트에 압도당하고 위축되는 순간 나는 나그네, 고향을 상실한 이방인이 된다. 나는 기억으로만 고향을 그리워하는, 부재를 통해서 고향의 존재를 복원하려고 애쓰는 딱한 실향민이다. 기억 속의 고향을 찾기 위해 영원한 디아스포라의 멍에를 진 순례자다. 단장할 집이 있는 장인은 행복한 사람이다. 부럽고 부러울 따름이다.

마냥 부러워할 수마우 없는 일. 이쪽에서 잃어버린 고향을 복원하기 위한 거대한 음모를 꿈꾸어 본다. 늦깎이로 등단한 글쟁이 주제지만, 그동안 갈고 닦은 글

장인의 집 단장*

솜씨를 발휘해서 근사한 고향집을 지어볼 셈이다. 문
학은 언제나 한계를 초월한 자유를 꿈꾼다. 김수영은
문학의 본질은 꿈이라고, 그러기에 문학은 불온문서와
같은 것이라고 갈파했다. 꿈은 현실에 갇혀 있는 것이
아니라 현실 저 너머를 응시한다. 문학은 현실에서는
가능하지 않는 세상을 꿈꾼다. 글쓰기를 통한 일탈을
즐기겠다. 현실과 금기의 틈새를 비집고 인식의 새로
운 지평을 넓혀가는 글쓰기를 통해 고향집을 짓겠다.
모든 기억들을 호명해 고향집으로 불러들여, 고향집이
완성될 때까지 수다를 떨어 보겠다.

　다음에 처가에 갈 때는 조그만 화분이라도 하나 준
비해야 할 것 같다.

* '대표에세이문학회' 서른여덟 번째 동인지 『모든 이
의 아침』에 게재한 작품임.

강원도가 좋다

　이십여 년 전에 테니스 동호회에서 만난 후배 소개로 국도변에 있는 작은 산을 구입했다. 사는 곳에서 그리 멀지 않고 접근성도 좋은데다가 잣나무가 우거진 것이 마음에 들었다. 산 주변 마을도 전형적인 농촌의 모습이어서 전원적인 풍취가 물씬 풍기는 곳이다. 철따라 봄에는 고사리 꺾고, 가을에는 밤 줍고, 겨울이면 떨어진 잣송이를 줍는 재미도 쏠쏠했다.

　그런데 어느 해부터인가 잣이 열리지 않았다. 소나

무 재선충 피해를 입었던 이웃마을과 인접해 있어 병충해를 의심했지만 아무리 살펴봐도 병충해의 흔적은 보이지 않았다. 인근 산주가 자기네 산에도 잣이 열리지 않았다며, 고온 때문이라고 했다. 말로만 듣던 온난화의 영향을 이렇게 가까이서 체험할 줄은 몰랐다.

수년 전부터 기록적인 혹서가 해마다 되풀이되는 것이 심상치 않았다. 예측할 수 없는 긴 장마와 기록적인 가뭄이 반복되면서 과일나무가 말라 죽고, 농작물 작황이 급감하고, 병충해는 급증했다. 주말농장 규모의 농사를 짓는 나야 별걱정이 없지만, 전업으로 농사짓는 이웃들은 걱정이 이만저만이 아니다.

기후변화로 인한 자연재해가 빈번해지고, 온난화로 해수면이 높아지는 등 위기의식이 점증하고 있다. 유엔이 나서서 '기후변화에 의한 기본 협약'을 의결하고 온실가스 방출을 규제하기 위해 노력하고 있지만 성과가 신통치 않다. 상대적으로 화석에너지를 가장 많이 사용하는 국가들의 참여가 소극적이어서 당분간 온난화 현상은 더 빠르게 지속될 것 같다. 모든 나라가 소탐대실의 잘못을 범하다가 온 인류가 사후약방문의 비극을 맞을까 우려된다.

　자연환경 파괴도 심각하다. 인간은 자연에서 나서 죽으면 자연으로 돌아간다. 오늘날 인류가 처한 위기는 인간이 삶의 터전인 자연을 파괴하고 허울 좋은 문명으로 과도하게 치장한 결과다. 자연과 더불어 사는 지혜를 배우기보다는 정복자의 기쁨에 도취되어 강산을 마구 훼손한 대가로 환경문제는 이제 삶의 질 차원을 넘어 생존 차원의 문제가 되었다. 이제 그들은 겁먹은 모습으로 지난날의 오만을 반성하고 자연과 화해하려고 애쓰고 있지만, 한번 훼손된 자연은 인류가 어느 한날 공멸의 위기에 처할 수도 있다는 경고음을 보내오고 있다.

　우리 선조들은 그 면에서는 우리보다 지혜로웠다. 자연과 더불어 풍류가 넘치는 멋들어진 삶을 누릴 줄 알았다. 자연과 함께한 삶을 그렸다고 해서 모두 강호가도(江湖歌道)일 수는 없겠으나, 면앙정 송순이나 고

산 윤선도 같은 이들은 자연과 더불어 사는 삶의 멋스
러움을 유장한 필설로 주옥같이 그려냈다.

조선 전기 문인이었던 송순은 벼슬을 그만둔 후 낙
향하여 정자를 짓고 자연의 아름다움을 마음껏 노래했
다.

> 십년을 경영(經營)하여 초려삼간(草廬三間) 지여내니
> 나 한 간 달 한 간에 청풍(淸風) 한 간 맡겨두고
> 강산(江山)은 들일 데 없으니 둘러 두고 보리라.

이보다 더한 격조와 풍류는 흔치 않다. '나'와 '달·
청풍·강산'의 구분이 없는 경지, 이것이 곧 주객일체
또는 물아일체의 경지가 아니고 무엇이겠는가.

후생가외라고 했던가. 고산도 선배 못지않았다. 비록
유배지에서 파한(破閑)을 위해 지은 시지만 「어부사시
사」는 어부의 삶에서 느끼는 한정(閑情)이 담긴 한 폭
의 산수화를 연상케 한다.

내친김에 고산은 「만흥(漫興)」에서 '나'와 '자연(산)'
과의 거리를 무화(無化)시킴으로써 이심전심의 경지를

표현했다.

잔 들고 혼자 앉아 먼 산을 바라보니,
그리워하던 임이 온다고 한들 반가움이 이보다 더 하겠는
가?
말씀도 웃음도 짓지 않아도 그를 한없이 좋아하노라.

부럽고 부럽다. 참 멋들어진 삶이다.

유명 화가나 문인들도 강원도의 수려한 풍광을 각별
히 사랑했다. 양반 신분으로 태어나 환쟁이의 삶을 선
택했던 겸재 정선은 금강산의 풍광에 매료되어 불후의
'금강전도'를 남겼다. 뿐만 아니다. '정양사'·'만폭동'·
'혈망봉'·'백천동'·'총석정'·'삼일포'·'낙산사'·'입암
도'·'통천문암' 등의 화폭을 통해 겸재는 강원도 자연
의 진경을 재현했다.

천석고황(泉石膏肓)을 칭병하고 강호에 머물던 송강
은 임금의 부름을 받고 주저 없이 전라도 자연을 등
뒤로 하고 강원도로 달음질쳤다. 부임 여정을 축으로

삼은 송강의 「관동별곡」은 강원도의 풍광을 필설로 그려낸 한 편의 판타지라고 할 수 있다. 「관동별곡」은 치악에서 시작하여 소양강·동주·회양·만폭동·금강대·진헐대·개심대·화룡소·불정대·산영루·총석정·삼일포·의상대·경포·죽서루·망양정에 이르러 막음한 강원도 유람기라고 할 수 있다.

역사적으로 강원도는 변방 취급을 받았다. 삶은 곤고(困苦)했지만 그렇다고 보잘것없었던 것은 아니다. 오히려 변방 취급 덕에 강원도 나름의 독특한 역사와 전통, 삶의 방식을 간직할 수 있었다.

메밀꽃 흐드러진 오대의 산자락은 효석을 키웠고, 궁벽한 산간 오지의 고단한 삶은 애잔한 정선 아라리를 잉태했다. 세속과 단절된 영월의 수려한 풍광은 서러운 단종 애사의 역사를 품었고, 호수와 누정(樓亭)의 삶은 강릉을 관동제일의 문향으로 가꾸었다.

이처럼 예로부터 강원도는 사람과 자연이 한데 어우러져 모자라지만 궁색하지 않은 고고한 삶을 영위해온

터전이었다. 단사표음으로 지족의 삶을 누리며 몸과
마음을 청정하게 유지했던 정신적 소도가 강원도였다.

강원도가 몸살을 앓고 있다. 공사판 아닌 곳이 없을
정도다. 지방자치제가 도입된 후 강원도의 모든 자치
단체들이 경쟁적으로 관광문화산업을 주력 사업으로
추진하고 있다. 지역의 특성이나 문화 정체성 따위는
안중에도 없는 것 같다. 어디를 가나 획일적이다. 위락
시설 위주로 유원지를 조성하는 것을 문화산업쯤으로
여기는 안목이 문제다. 개발보다는 보존이 더 가치 있
는 일들을 찾고 고민해야 할 때다. 똑같은 옷을 입고
개성을 뽐낼 수는 없다.

자칫 밥그릇 내주고 밥 빌어먹는 우를 범할까 걱정
된다.

강원도가 좋다

애완동물의 고향살이를 허(許)하라

어려서부터 개와 함께 생활한 날들이 많았다. 학교에서 돌아오는 나를 반긴 건 부모님이 아니라 개였다. 곰이, 누렁이, 해피 등등. 대개 잡종견이었다. 해피를 제외하고 성견이 되면 개들은 나도 모르게 사라졌다. 그때마다 개장이 빈 것을 확인하고 가방을 내던지고는 과수원으로 달음질쳤다. 아버지 대답은 한결 같았다.

"개장사에게 팔았다."

한동안 우울하게 지내다 보면 아버지는 또 어디서

강아지를 구해오셨다. 그리고는 때가 되면 또 그렇게 사라졌다. 어린 마음에도 상처받기 싫어서 개를 가까이 하지 않았다.

2016년 3월 13일. 2019년 3월 26일. 2019년 4월 2일.

내가 길렀던 애완견들인 난이, 올리브, 뽀빠이가 각각 죽은 날이다. 17년 8개월을 동거동락(?)하던 난이는 요크셔테리어 종으로 이웃들 눈치를 보며 아파트에서 길렀던 개다. 인기척을 듣고 난이가 현관에 누워서 버들거리면 아들이 온 거다. 아들은 선 채로 발로 녀석의 배를 문지르고 들어왔다. 녀석이 납작 엎드리면 딸이 온 거다. 딸은 엎드려서 한참을 쓰다듬다가 들어왔다. 내가 들어올 때면 녀석은 두 발로 서서 앞발을 모으고 미어캣처럼 서있다. 내가 선 채로 머리를 쓰다듬어 주기 때문이다. 그 어떤 맞춤형 서비스도 이보다 더 완벽할 수는 없다.

애완동물의 고향살이를 허(許)하라

입이 방정이다. 녀석이 죽기 한 달 전쯤 먹는 것만 보면 달려드는 녀석의 변함없는 식탐을 보면서 장수기록을 세우겠다고 농담을 했었다. 그러면서 먹던 오징어 다리를 던져주었다. 거짓말 같았다. 믿을 수가 없었다. 다음날부터 녀석이 식음을 전폐했다. 기력이 하루가 다르게 떨어졌고 걷는 것마저 힘들어했다. 몇 가지 검사를 마친 동물병원 원장은 결과를 모니터에 띄워서 보여주며 살 만큼 살았다고, 방법이 없다고 했다. 녀석은 살아 있는 동안 우리에게 큰 기쁨을 주었는데 녀석의 마지막 가는 길에 정작 주인은 해줄 것이 아무것도 없었다.

녀석을 보내고 식구들은 긴 애도의 시간을 보냈다. 가족이 모인 자리에서 난이 이야기는 금기어였다. 어쩌다 실수로 난이 이야기가 나오면 각자 방으로 흩어져 훌쩍거렸다. 오 년의 세월이 흘렀는데도 나는 아직도 가끔 녀석이 짖는 소리, 한밤중에 고요를 깨고 물 먹는 소리를 환청으로 듣는다. 외출에서 돌아오면 아직도 현관에 앞발을 모으고 서있는 녀석의 환영을 본다.

제2부 모색의 여정

난이를 잃은 상실감에서 벗어날 즈음 나와 방동리의 인연을 맺어주었던 올리브와 뽀빠이가 일주일 간격으로 세상을 떴다. 녀석들의 종은 올드 잉글리시 시프도그. 몸집이 큰 편이라서 아파트에서 기를 수 없어 개장을 구하느라 애를 먹었다. 개 때문에 땅을 샀다고 하면 믿을 사람이 없겠지만, 정말 개 때문에 땅을 샀고, 그때부터 나의 방동리 시대가 시작됐다.

녀석들은 잘 생기고 기품이 있어서 어쩌다 학교 운동장에 산책을 나가면 사람들이 달려들어 쓰다듬고 사진을 찍고 난리가 났다. 그럴 때면 녀석들은 귀찮은 듯이 차로 발걸음을 옮겼다.

녀석들이 살아 있는 동안 난 성실한 주인이 못됐다. 처음에는 애견숍에 들러 한 달에 한 번 씩 목욕도 시키고 빗질도 자주 해주었지만 커가면서 비용을 감당할 수가 없었다. 솜씨를 발휘해 전용 목욕탕을 짓고 직접 목욕을 시켰지만 그마저 힘이 들어 그만두었다. 대신 더위가 시작되면 전신의 털을 깎아버렸다.

올드 잉글리시 시프도그는 하루 한 번 이상 빗질을

해주고, 매일 40분 이상의 충분한 운동을 시키고, 혼자 두어서는 안 되는 품종이라는 것을 나중에 알았다. 영국의 서늘한 스코틀랜드의 초원에서 양과 소몰이를 하던 사역견이라는 것도 녀석들이 죽은 후에 알았다.

프랭크 마셜 감독의 「에이트 빌로우」는 인간과 개의 우정, 충성심, 집념과 희망을 보여주는 감동적인 영화다. 영화에는 지구에서 가장 춥고 거친 바람이 불며 인간의 발길을 허락하지 않는 곳 남극을 배경으로 그곳에 버려진 여덟 마리의 개와 이들을 기지로 데려오려는 한 남자가 등장한다. 구조되기 전까지 개들이 보여주는 우정과 먹이를 구하기 위해 개들이 보여주는 기지는 잊을 수가 없다. 영화를 보면서 개들이 눈보라치는 밤에 눈 속에 파묻혀 잠자는 모습을 보며 안타까워했었다.

여름만 되면 더위 때문에 혀를 길게 빼고 침을 흘리던 녀석들의 모습이 눈에 선하다. 그런 녀석을 비닐하우스에서 키웠다는 게 후회스럽다. 겨울에 눈밭에 내

제2부 모색의 여정

놓으면 달음질치며 개장에 들어가지 않으려고 했던 이유가 있었다. 난이도 마찬가지지만 녀석들을 하루 종일 외롭게 혼자 있게 한 것도 마음에 걸린다. 개를 기른 게 아니라 학대한 셈이다.

언젠가 TV에서 개장에 에어컨을 설치한 개 주인 이야기를 방영한 적이 있었다. 참 돈도 많은 인간이라고 비아냥거렸었는데 돌이켜보니 내게는 그럴 자격이 없었다. 서늘한 데서 길러야 하는 올리브와 뽀빠이를 폭염에 비닐하우스에 가두고 고문한 주제에 무슨 할 말이 있겠는가.

시베리아 허스키가 가장 좋아하는 온도가 영하 15도란다. 겨울을 제외한 기간 동안 시베리아 허스키의 한국살이는 고통스러울 수밖에 없다. 동물원에서 사육하는 열대 동물들이 평균 수명대로 사는 경우가 드물다고 한다. 갇혀 사는 스트레스도 있겠지만 기후 영향이 크리라.

애완동물을 키우는 인구가 늘면서 관련 산업이 호황

을 누리고 있다. 고급 애완동물 장례식장을 두고 논란
이 한창이다. 지나치다는 의견과 사랑한다면 얼마든지
비용을 지출할 수 있다는 견해가 팽팽하다. 옳고 그름
의 문제라기보다는 인식의 차이에서 비롯된 현상이라
고 하겠다.

　장례의식은 애도의 방식이다. 흔히 알려진 것처럼
장례는 망자를 위한 의식이라기보다 살아남은 자를 위
로하기 위한 의례다. 죽은 자는 말이 없다. 제사상에
어떤 음식이 올랐는지, 주검이 어느 곳에 묻혔는지, 어
떤 관에 누웠는지 알 리가 없다. 망자가 사후에 벌어
지는 일을 어찌 알겠는가. 장례는 남겨진 자들이 상실
의 슬픔에서 벗어나 일상으로 복귀할 수 있도록 해주
는 씻김굿과 같은 것이다. 애완동물들과의 사별도 다
르지 않다. 어떤 장례의식이든 장례식은 죽은 동물과
는 상관없이 주인들이 벌이는 자기 위로를 위한 행위
에 불과하다.

　결론은 간단하다. '살아 있을 때 잘해!'다. 동물을 위
한다면 동물들의 눈높이에서 주인 노릇을 해야 한다.
가구를 물어뜯고 난폭한 행동을 한다고 탓할 일이 아

니다. 종일토록 외롭게 방치한 주인을 탓할 일이다. 비만을 탓할 일이 아니다. 귀엽다고 시도 때도 없이 먹을 것을 던져 준 주인의 그릇된 사랑을 탓할 일이다. 사람을 공격하는 동물을 탓하기보다는 예방조치를 소홀히 한 주인을 나무라야 한다. 애완동물의 나쁜 행동이나 습관은 주인의 잘못에서 비롯된다.

애완동물을 기르는 인구가 급증하고 있는 현실을 감안할 때 늦은 감이 있지만 동물복지에도 관심을 가져야 할 때가 된 것 같다. 가끔 예능프로그램에 연예인들이 자신들이 기르는 애완동물들을 데리고 나와 자랑하는 것을 본다. 희귀한 동물을 기르는 연예인일수록 목에 힘을 주는 것을 보았다. 이제 묻고 싶다. 그 동물의 원 서식지가 어디냐고.

애완동물을 기르는 데도 신토불이를 생각할 때가 됐다. 애완동물을 원 서식지와 비슷한 환경에서 기를 수 없다면 '우리 개는 좋은 것이여'를 한 번쯤 고려해보는 것도 좋을 듯하다.

애완동물을 고향에서 살 수 있게 하라!

애완동물의 고향살이를 허(許)하라

제3부 수필의 경계를 넘어

밥상머리 교육 유감

코로나 19가 모든 일상을 엉망으로 만들었다. 그러지 않아도 고단했던 삶이 더 팍팍해졌다. 저녁 무렵 시내를 걷다보면 유령도시를 걷는 느낌이 든다. 소상공인은 물론 시민들의 고단한 삶이 눈에 밟힌다. 확진자 수가 연일 기록을 갈아치우며 'K 방역'에 대한 기대가 흔들릴 무렵에서야 겨우 확산세가 꺾였지만, 곧 나아지리라는 희망고문은 아직도 진행형이다.

좀 나아졌다고는 하지만 마음 편하게 사람들을 만날

정도는 아니다. 사람들이 그립다. 만나서 밥 한 끼 먹고, 술 한 잔 하는 일이 이렇게 불편해서야.

밥 한 끼 하자!
차 한 잔 하자!
술 한 잔 하자!

배가 고파서...
목이 말라서...
술이 고파서...
하는 말은 아니다.

모두 다
사람이 고파서
하는 말이다.

이창현의 「사람이 고프다」 전문이다. 하루빨리 일상이 회복되길 기대해 본다.

현대사회는 지식과 기술, 문화 등 모든 것이 빠르게 변화하는 시대이다. 사람들이 그 변화의 속도를 따라

잡는데 몰두하면서 가족들이 모여서 밥 한 끼 먹는 것조차 어려운 세상이 됐다. 사람들이 시간을 아끼며 자신의 모든 것을 쏟아 부으면서 궁극적으로 추구하는 목적은 행복한 삶이다. 행복한 삶을 결정짓는 중요한 조건은 관계와 소통이다.

가족은 모든 인간관계의 출발점이다. 가족 구성원들과의 관계가 원만하지 못하면 행복한 삶을 누리기 어렵다. 가족들이 모여 음식을 함께 나누며 다정하게 대화하는 모습은 아름답다. 그런 아름다운 모습이 점차 사라져가고 있다.

인문학 관련 국책 사업에 참여하고 있을 때였다. 청소년들의 높은 자살률, 학교폭력, 가출 청소년 등이 사회문제가 되면서 교육 당국이 해결책 마련에 나섰다. 청소년들의 인성교육을 강조하고 실천을 위한 방안으로 '밥상머리 교육'을 권장했다. 용어도 생소한 밥상머리 교육은 가족이 함께 식사하면서 대화를 통해 가족 사랑과 인성을 키우는 시간을 가짐으로써 청소년들이 올바른 사회구성원으로 성장할 수 있도록 돕는 것을

밥상머리 교육 유감

목표로 삼았다. 이를 위해 정부에서도 매주 수요일을 '가족 사랑의 날'로 정하고, 이날 하루만이라도 온 가족이 한 자리에 모여 가족 식사를 함으로써 가족 사랑을 키우도록 권장했다.

함께 밥을 먹는 것은 단순히 음식을 나누는 것, 그 이상이다. 가족을 식구(食口)라고도 하는데, 식구는 '함께 밥을 먹는 사람'이란 의미다. 식사를 함께 하는 것은 사회적 관계와 문화적 관례에서도 중요한 역할을 한다. 음식은 사람들 사이의 유대감을 강화하며, 가족 식사는 가족이 공유하는 삶을 상징한다. 가족 구성원들은 함께 식사하는 자리에서 소통하고 공감하며 관계를 공고히 한다. 밥상머리에서 부모들은 사회에서 요구하는 예절, 규범, 덕목 등을 자녀들에게 가르칠 수 있다.

마침 사업단에서도 인문학 연구의 성과를 사회로 환원하는 실천사업을 고민하던 터라 소속 연구원들이 '밥상머리 교육'과 관련된 자료도 수집하고 교육 프로

그램 개발에 나섰다. 프로그램이 완성될 무렵 중·고
등학교, 지역의 교육청, 청소년 보호시설 등지에서 강
의 의뢰가 들어왔다. 직접 프로그램을 만든 연구원들
을 강사로 추천했더니 의뢰했던 기관에서 난색을 표했
다. 사업단장이 직접 강의를 했으면 좋겠단다. 나는 전
공자도 아니고 연구원들이 이 분야의 전문가라며 아무
리 설명해도 소용이 없었다. 그들에게는 내용보다는
형식이 더 중요했다. 이런 관행에 익숙한 그들 입장에
서는 일개 연구원보다는 직급이 높은 사업단장이 강의
하는 게 폼이 난다고 여겼던가 보다.

난감했지만 연구원들의 도움을 받아 강의를 준비했
다. 유대인의 식사예절, 케네디가의 교육방법, 사임당
의 가정교육 방법, 경주 최씨 가문의 식사예절 등을
정리하고 시청각 자료도 만들었다.

대상은 주로 학부모들이었고, 가끔 학생들을 대상으
로도 강의했지만 내용은 크게 다르지 않았다. 유대인
은 전 세계 인구의 0.2%에 불과한데도 역대 노벨상
수상자의 22%를 배출했다고 운을 뗐다. 이어 유대인
들은 식사 시간마다 가족들이 유대인들의 지혜를 총망

라한 탈무드에 대해 얘기하고 토론한다며, 밥 먹는 도중 아이가 잘못하더라도 아이를 하나의 인격체로 대우하기 때문에 꾸중은 나중에 한다며, 이스라엘은 가족이 집에서 함께 시간을 보내게 하기 위해 주말에는 음식점이 문을 닫고 대중교통도 운행하지 않는다며 열변을 토했다.

또 케네디 전 대통령의 어머니 로즈 여사는 약속과 시간의 중요성을 일깨우기 위해 식사 시간이 지나면 자녀들에게 밥을 주지 않았고, 로즈 여사는 어린 자식들과 나이든 자식들을 구분하여 두 번 식사 자리를 마련했으며, 신문 기사나 읽은 책에 대해 서로의 의견을 나누도록 토론을 유도했다고, 이것이 케네디 대통령이 토론과 연설에서 뛰어난 능력을 발휘하는 데 큰 힘이 됐다고 침을 튀겼다.

그리고 강의를 마무리할 즈음에는 밥상머리 교육을 하면 '아이들이 똑똑해진다, 아이들이 안정감을 느낀다, 아이들이 예의바르게 행동한다, 아이들이 건강해진다, 가족이 모두 행복해진다'며 가족 식사의 중요성을 강조했다.

학부모들의 반응은 덤덤했다. 부풀려진 강사 경력 소개가 끝나고 강의를 시작할 때 보였던 기대가 사라지는 데는 10분이면 충분했다. 30분쯤 지나면 표정이 굳어지고, 한 시간쯤 지날 무렵에는 애써 유지했던 학부모로서의 예의도 사라졌다. 하품은 기본이고 핸드폰을 꺼내 검색하는가 하면 심지어는 낮은 목소리로 통화하는 사람들도 있다. 건성으로 치는 박수를 받고 문을 나설 때는 낭패감이 엄습해 왔다.

학생을 대상으로 강연할 때는 더욱 당혹스러웠다. 유대인의 식사예절을 설명할 때면 여기저기서 항의성 소란이 일어난다. '부모가 이혼했어요.', '우리 아빠는 잘못하면 막 때려요.', '버스 안 타요.' 등등. 케네디 가문의 식사예절을 설명할 때면 '밥 안 주면 내가 찾아 먹는다.'는 둥, '우리는 시켜먹는다.'는 둥, '밥 먹다가 떠들면 혼난다.'는 둥 김 빼는 소리를 질러댄다. 헛발질한 거다. 헛발질도 이런 헛발질은 없다.

몇 해 전에 시내 모 고등학교에 근무하는 교감선생

님 부탁으로 인성교육을 할 기회가 있었다. 평소 '인성 교육'이란 용어에 거부감을 갖고 있었지만 가르친다기 보다는 학생들 이야기를 많이 들어보겠다는 생각으로 임했다. 영화 매체를 이용한 청소년 인문학 교육 프로그램 만들기에 관심이 있던 터라 작품을 선정하고, 동영상 편집을 하고, 프레젠테이션 텍스트를 작성하는 등 열심히 준비했다. 기대는 첫 만남에서 무너졌다. 교감선생님이 센 녀석들이라 힘드실 거라고 했던 말이 무슨 뜻인지 알 수 있을 것 같았다. 스무 명쯤 되는 친구들은 지도 교사가 내 소개를 마치고 나가자마자 나를 유령 취급했다. 한 여학생은 교실 뒤편으로 가더니 담요를 두르고 작업대 위에 누웠다. 몇 명씩 모여서 모바일 폰으로 게임에 몰두했다. 여학생 몇은 한데 모여 손거울을 들여다보면서 화장에 열중했다. 그나마 제 자리에 앉아있던 학생들은 약속이나 한 듯 책상에 엎드려 잤다. 그러더니 한 친구가 벌떡 일어나 교실 전원을 꺼버렸다. 당황스럽기도 하고 참담했다. 한참을 고민하다가 그대로 지켜보기로 했다. 자신들의 예상과는 달리 자신들의 행동에 반응을 보이지 않는 내가 이상했는지 가끔 동정을 살피듯 흘깃 쳐다보면서 하던 일에 몰두했다. 수업 끝을 알리는 종이 울리자마자 거짓말같이 자던 아이들까지 일어나 밖으로 튀어나갔다. 센 정도가 아니었다. 강적들이었다. 선생이 3D 업종이라고 엄살을 떨던 후배의 말이 허언이 아니었다. 4주가 돼서야 겨우 동네 아저씨 쳐다보듯 하던 학생들이 아는 척을 했고, 6주가 지나면서 다음 시간에 무슨 영화를 보여주느냐고 관심을 보였다. 헬렌 켈러의 생애를 다룬 영화『블랙』을 감상할 때 한 친구가 '쪽팔리게 눈물이 나려고 하네.'라고 소리를 질러서 모두 웃었다. 흑인 최초로 미 해군 마스터다이버의 꿈을 이루었던 칼 브래셔의 일대기를 담은『맨 오브 아너』를 감상할 때는 주인공 칼이 인종차별을 당하는 장면에서는 함께 분노하고, 시련을 극복하고 목표를 성취했을 때는 교실이 70년대 극장으로 타임머신을 타고 돌아간 듯 박수 소리가 요란했다. 대장정의 막을 내리던 날 두 학생이 죄지은 사람처럼 박카스와 초콜릿을 건네고 도망치듯 자리로 돌아갔다. 순간 시드니 포이티어가 주연을 맡았던 영화『언제나 마음은 태양』의 졸업무도

회 장면이 떠올랐다.

후일 교감선생님과 뒤풀이하는 자리에서 그 친구들 사정을 들었다. 대부분 부모의 보살핌을 받지 못하는 학생들로 생활비를 스스로 마련하지 않으면 안 되는 친구들이었다. 방과 후부터 늦게는 새벽까지 주유소·편의점·음식점에서 아르바이트를 하고 주말에는 결혼식 피로연장에서 일하는 학생들이었다. 교감선생님은 그 친구들이 학교에 나오는 것만으로도 눈물 나게 고맙다고 했다. 다 그럴만한 사정이 있는 친구들이었다.

강의 전에 높은 이혼율, 쉽게 시간을 낼 수 없는 부모들의 입장, 막다른 곳으로 내몰린 아이들의 사정을 헤아렸어야 했다. 아무리 내용이 좋으면 무슨 소용이 있겠는가. 애초에 스며들 수 없는 강의였다. 식탁을 차릴 형편도 안 되고, 식탁에 둘러앉을 가족도 없는 데 밥상머리 교육이라니. 시쳇말로 개 풀 뜯는 소리를 한 셈이다. 학부모님들에게는 '용돈을 많이 주시라, 인스턴트 음식 먹는 것 너무 나무라지 마시라, 주말에 가끔은 식구들과 외식을 하시라'고 했어야 했다. 학생들

에게는 '끼니 거르지 마라, 담배 살 돈이 있으면 햄버
거를 사 먹어라, 콜라만 마시지 말고 우유도 가끔 마
셔라, 성장한 후에 직장 잡고 돈 벌면 가끔 부모님 모
시고 맛난 음식 대접해 드려라.'고 했어야 했다.

  한때 모 방송 개그 프로그램에 가족 간 대화의 필요
성을 코믹하게 풀어낸 「대화가 필요해」라는 코너가 있
었다. 2년 넘게 장수한 꼭지였는데 아버지의 '밥 묵자'
라는 대사가 크게 히트해서 인구에 회자된 적이 있다.
「대화가 필요해」는 아버지, 어머니, 아들 세 식구가 일
상적인 일로 티격태격하다가 궁지에 몰린 아버지가
'밥 묵자'고 한마디 하면 대화를 중단하고 밥 먹는 장
면으로 마무리 하는 블랙 코미디였다. 「대화가 필요해」
는 가족들이 대화를 하지만 소통이 이루어지지 않고,
대화를 할수록 오히려 가족의 의미가 해체되어가는 부
조리한 현상을 풍자하고 비판하는 데 초점을 맞춘 코
너였다. 「대화가 필요해」는 현대가정의 위기를 압축해
서 보여준 블랙코미디라고 할 수 있다.

밥상머리 교육 유감

온 가족이 함께 밥 한 끼 먹는 일이 가족의 중대사가 된 지 오래다. 가족이 화목하든 아니든 '밥 묵자'고 말할 기회마저 많지 않다. 어쩌다 반찬이 그럴 듯한 식사를 할 때면 세 아이 키우느라 혼줄을 놓고 사는 딸아이와 가난한 애비 만난 죄로 홀로서기를 준비하느라 늘 혼밥하는 아들이 눈에 밟힌다. 자식들이 제때 밥은 먹고 사는지. 아내의 걱정이 깊어 간다.

제3부 수필의 경계를 넘어

코로나 19 사태와 공연 예술의 생존법

- 공연 예술의 온라인 스트리밍 서비스를 말하다

　신종 코로나바이러스 감염증(코로나 19)의 창궐로 공연 예술계가 어려움을 겪고 있다. 상대적으로 영세하고 활동 기반이 열악한 지역 공연 예술계는 직격탄을 맞았다. 집회가 금지되면서 극장, 공연장, 각종 무대 등의 일자리가 사라졌다. 생계를 위해 어렵게 구한 일자리가 갑자기 사라지는 일도 빈번하다. 제작사 대표가 잠적해 일찍 막을 내린 한 연극계 소식은 위기에 처한 예술계 현실을 여실히 보여준다.

이 위기가 언제 끝날지는 아무도 모른다. 공연 예술계의 시름이 그만큼 깊어 갈 수밖에 없다. 이 또한 지나가리라는 막연한 기대나 희망은 문제 해결을 위한 바람직한 자세가 아니다. 영화롭던 시절에 대한 향수는 고통만 키울 뿐이다. 코로나19 사태보다 더한 위기에도 거뜬하게 버틸 수 있는 공연 예술의 생태계를 조성하기 위해서 치열하면서도 차분한 싸움을 준비할 때다.

과거에도 공연 예술계는 안팎으로 많은 어려움을 겪었다. 일제 강점기나 군사독재정권 시절 검열과 탄압으로 표현의 자유가 심각하게 위협 당하면서 공연 예술계는 질식 상태를 경험했다. 1960년대 후반부터 TV 드라마나 영화 등에 관객을 빼앗기면서 공연 예술계가 고사 지경으로 내몰린 적이 한두 번이 아니다. 예상과는 달리 정보통신 기술의 발달과 인터넷의 보급, 그리고 생활 방식의 변화 또한 공연 예술계에는 위기 요인으로 작용할 가능성이 크다. 한일 월드컵 때의 길거리 응원, 광견병 쇠고기 수입반대 및 국정 농단 반대 촛

불 시위 등에서 촉발된 광장문화가 저물어 가고 있는 징후는 여러 곳에서 발견된다. 집단소통에서 개별 향유로 문화의 소비 양상이 변화하고 있는 것도 당혹스럽다. 자본력을 내세워 제작에서 배급까지 문화콘텐츠 시장을 장악한 거대 문화자본이 등장하면서 예술인의 지위가 창조자의 위치에서 고용 노동자 신분으로 내몰리는 위기가 더욱 심화되고 있다. 아카데미 시상식의 백미인 작품상 수상자가 제작자인 것은 세상이 다 아는 일이다.

공연 예술계가 꽃길을 걸었던 시절은 거의 없었다. 코로나 19 사태 또한 과거에 경험했던 위기의 변종 정도로 여기고 의연하게 맞설 필요가 있다. 아울러 점증하고 있는 불확실성에도 흔들리지 않는 공연 예술의 존재 방식을 고민하고 모색하는 노력이 요구된다. 공연계는 관객과 소통할 수 있는 공연 방식을 다각적으로 모색해야 한다. 문화 향유와 소비 방식이 사적 공간에서 이뤄지는 변화에도 능동적으로 대처해야 한다. 이를 위해 고육지책으로 선택할 수밖에 없었던 온라인 스트리밍 서비스의 가능성과 순기능을 살펴보는 것도 의미 있는 일이 될 것이다.

장르 혼합과 새로운 서사의 모색을 통해 '문학의 죽음'을 극복한 소설계의 사례를 타산지석으로 삼는 지혜가 필요하다.

21세기가 시작되면서 문학계 안팎에서는 다투어 '종이책(인쇄매체)의 죽음', '소설(문학)의 죽음'을 예견했다. 이남호 교수는 "현재 전자문화는 욱일(旭日)의 세력으로 번지고 있으며, 문자문화는 옛 관성으로 겨우 조금 버티고 있다."며 문학의 종언을 예고했다. 레슬리 피들러·루이스 루빈 주니어·존 바스 등도 '소설의 죽음'·'소설의 이상한 죽음'·'고갈의 문학' 운운하면서 문학의 조종(弔鐘)을 울리는 듯했다. 마셜 맥루언은 "전자미디어와 컴퓨터 게임이 지배 매체가 되는 시대에 인쇄매체에 매달리는 작가들은 모두 사라지게 될 것"이라며 문학의 미래를 암울하게 전망했다.

그들의 예상은 빗나갔다. 문학은 죽지 않았다. 오히려 순혈주의를 벗어버리고 장르 혼합과 새로운 서사를 모색하면서 양식적 확장을 꾀한 결과 새로운 전성기를 누리고 있다. 위기에 처했던 문학계는 포스트모더니즘을 배경으로 한 후기산업사회의 성격을 이해하고, 인터넷의 보급 등으로 변화된 문학 환경에서 매체 특성을 적극적으로 활용함으로써 새로운 돌파구를 마련했다.

　김성곤 교수는 문화연구의 중요한 텍스트로서 영화의 중요성을 강조하면서 영화가 위기에 빠진 문학을 구할 것이라고 예견했다. 김 교수는 지금 우리는 "장 보드리야드가 '시뮬라시옹'이라고 부르는 시대, 그리고 로버트 쿠버가 '하이퍼 픽션', '가상현실 랩인 케이브'라고 부르는 전자매체 시대에 살고 있다."고 전제하고, 다원주의, 최첨단 테크놀로지 다매체주의 시대임에도 불구하고 아직도 '신성하고 전통적인, 종이 위에 인쇄된 문학'에만 매달려 있는 문학계의 고식적인 입장을 비판하면서 매체환경의 변화에 능동적으로 대응할 것을 촉구했다. 김 교수는 제리 그리스월드 교수가 월트 디즈니 애니메이션이자 TV 드라마인 『미녀와 야수』에 대한 문화심리학적 해석을 심층적으로 시도한 「미국의 미녀와 야수」 강연 내용을 인용하면서 새로운 문학의 등장을 예고했다. 그는 미녀와 야수 사이에 어울리지 않는 사랑과 결혼이라는 모티프를 고급문화와 대중문화 사이의 궁극적인 화해와 결합의 은유로 해석하면서, 고급문화(미녀)가 대중문화(야수)와 제휴할 용기를 갖는다면 후자는 멋진 왕자로 변신할 수도 있다고 주장했다.

김 교수의 주장대로 『미녀와 야수』의 미녀 벨처럼, 벨 레트르(순수문학)는 오늘날 추악하지만 강력한 힘을 가진 야수의 성(영화산업, TV 네트워크, 인터넷 등)에 포로로 갇혀있는 형국이다. 마법의 성을 탈출할 수 있는 유일한 방법은 야수를 포옹하는 것뿐이다. 아름답고 순수한 소녀의 키스만이 야수를 매력적인 왕자로 바꾸어 놓을 수 있고, 그럴 때, 야수는 멋진 변신을 통해 새로운 모습을 보여주게 될 것이다.

미녀가 야수를 품었듯이 인쇄매체(문학)가 전자매체(영화, 인터넷 등)와 제휴함으로써 문학계는 변화된 매체 환경에서도 건재할 수 있었고, 새로운 형태의 문학을 통해 영역을 넓힐 수 있었다. 전 세계적으로 독자들을 매료시키고 있는 조앤 롤링의 『해리 포터』, 톨

킨의 『반지의 제왕』, 매슈 펄의 『단테 클럽』, 댄 브라운의 『다빈치 코드』 등의 선풍적인 인기가 이를 입증하고 있다. 이 작품들은 하이테크 전자미디어 시대에도 좋은 주제와 참신한 양식의 새로운 문학이 가능하다는 사실을 입증했다. 또한 이들 작품을 통해 과거 문자매체 시대의 주변부 문학이 새로운 문학 환경에서는 더이상 주변부 문학이 아니며, 오히려 문학의 위기를 타결할 수 있는 훌륭한 대안으로 부상하고 있음을 알 수 있다.

코로나19의 확산을 막기 위한 사회적 거리두기가 장기화되면서 공연장 인원 제한, 폐쇄 등으로 현장성과 대면 접촉이 중요한 공연 예술계는 심각한 위기에 직면했다.

공연장이 폐쇄되면서 온라인 플랫폼을 기반으로 한 '온라인 공연문화'가 확산되고 있다. 온라인 공연은 이미 제작한 기획 공연 영상이나 기록 영상을 송출하거나, 기존에 예정되어 있던 공연을 온라인으로 생중계하는 방식으로 운영된다. 최근에는 온라인 상영을 목적으로 제작한 공연 영상 콘텐츠를 방송하는 사례도 증가하는 추세다.

코로나 19 사태 이전부터 베를린 필하모닉과 메트 오페라 등이 온라인 공연 송출 서비스를 통해 공연 영상화 사업을 주도하면서 전 세계의 여러 공연 단체 및 극장들이 온라인 공연 서비스 제공에 동참하였다. 국내에서도 세종문화회관과 예술의전당 등이 온라인 공연 상영, 생중계를 시도한 후 온라인 공연서비스가 점차 증가하는 추세다.

이처럼 온라인 스트리밍 서비스로 공연 예술을 집에서 즐기는 비대면 공연문화가 확산되면서 공연예술 생태계도 크게 변화하고 있다. 공연 예술인들은 공연 예술의 창작과 소비 방식에 대해 고민하고 바뀐 환경에 능동적으로 대처하기 위해 노력해야 한다.

공연장 폐쇄로 그 어느 때보다도 관객과의 소통이 중요해졌다. 공연 예술인들의 최우선 과제는 관객과 만날 수 있는 새로운 소통 방식을 모색하는 일이다. 온라인이든 오프라인이든, 보이지 않는 관객에게 자신의 공연을 전달할 방법을 고민해야 한다.

바이올리니스트 제임스 에네스는 자신의 집 거실에서 '홈 리사이틀'을 시작했다. 공연을 위한 장비라고는 아이폰 두 대, 새로 구입한 카메라, 성능 좋은 녹음 장치가 전부였고, 연주와 촬영은 소음이 적은 자정에 진행했다고 한다.

코로나 19 사태는 공연 예술인들에게 '공연은 공연장이라는 하드웨어에서 하는 것'이라는 고정관념에서 벗어날 것을 요구하고 있다. 코로나19 상황에 따라 공연장을 열었다 닫았다 반복하는 상황을 바라보고 있을 수만은 없다. 공연은 '예술가가 있는 곳'에서, '감상은 관객이 머문 곳'에서 이뤄진다는 발상의 전환이 필요한 시점이다.

'방구석 클래식'은 온라인 공연을 통해 적극적으로 관객과 소통하는 연주자들에게서 새로운 '가능성'을 확인할 수 있는 좋은 예다. 온라인을 통한 '소통'은 공연 예술인과 팬의 관계도 새롭게 정립할 수 있음을 보여주었다. 온라인 공연을 통해 팬의 입장에서는 '내가 좋아하는 예술가'를 선택할 수 있고, 공연 예술인의 입장

코로나 19 사태와 공연 예술의 생존법

에서는'내 공연을 좋아하는 팬'을 확보할 수 있는 계기를 마련한 셈이다.

온라인 스트리밍 서비스는 극장 공연의 단점을 보완할 수 있는 긍정적인 점도 있다. 극장 공연 관람은 비용이 많이 들고, 시·공간의 제약이 커서 문화 소외 계층이 발생하기 쉽다. 대극장 뮤지컬이나 유명 연주자의 연주회를 극장에서 자주 감상할 수 있는 계층은 많지 않다. 미국의 경우 메트로폴리탄 오페라와 같이 공연을 다시 보거나 실시간으로 볼 수 있는 시스템이 마련되어 있어 많은 사람들이 보다 쉽게 공연을 감상할 수 있다. 영국의 스트리밍 사이트 '디지털 시어터'는 영국 내 여러 공연장이 가입해 있다. 공연장에서 촬영된 영상 콘텐츠가 '디지털 시어터'에 업로드되고, 사람들은 회비를 내고 사이트에서 공연을 관람한다.

온라인 스트리밍 공연은 '카메라의 시선'에서 제작된 영상이기 때문에 극장에서 지정된 자리에 앉아 보는 공연보다 생생한 현장감을 느낄 수 있는 장점도 있다. 여러 대의 카메라를 통해 촬영된 공연 영상에서는 객

석에서는 잘 볼 수 없는 연주자의 표정이나 무대의 소
품과 디자인까지도 볼 수 있어 훨씬 더 큰 생동감을
느낄 수 있다. 코로나 19 사태가 일회성으로 끝날 가
능성은 적어 보인다. 최적의 공연장에서 관객과 함께
할 수 있는 공연이 용납되지 않는 상황이라면, 온라인
스트리밍 서비스의 가능성을 분석하고 장점을 수렴하
여 새로운 공연 양식을 정립하려는 노력도 필요하다.

　공연 예술인들은 사회적 거리두기에 따라 관객들의
문화 향유와 소비가 안전한 사적 공간에서 이루어지는
변화에도 민감하게 반응해야 한다. '안방 1열', '방구석
콘서트' 등과 같은 신조어는 온라인 공연의 인기를 말
해준다.
　집에서도 손쉽게 공연을 볼 수 있는 스트리밍 서비
스가 공연장을 대체하면서 공연예술 감상 방식도 크게
변했다. 가장 큰 변화는 관객의 능동성이 커진 점이다.
공연장에서 공연을 감상할 때 관객은 수동적으로 공연
을 관람하는 감상자의 지위에 머문다. 장르에 따라 차
이가 있겠지만 공연장 공연은 무대에서 객석으로 메시

지가 일방적으로 투사되는 방식으로 소통이 이루어진다. 반면에 온라인 스트리밍 공연에서는 공연을 본 관객들이 댓글을 통해 자신의 생각을 남김으로써 관객과 공연자 사이의 상호작용이 활발해졌다. 관객은 자신의 느낌을 전할 수 있고, 공연자는 관객의 반응을 다음 공연에 반영할 수 있는 '양방향 소통', '평평한 소통'의 길이 열린 것이다.

온라인 스트리밍 공연 방식과 공연장 공연의 선순환 구조를 확립하기 위해서는 보완해야 할 점도 많다.

우선 참여 기회를 고르게 제공할 수 있는 시스템을 마련해야 한다.

온라인 공연 확산으로 공연예술의 유통 플랫폼 확장과 새로운 관객 발굴에 대한 기대감이 확산되고 있지만 참여할 수 있는 공연 단체가 많지 않으며 영상 수익 구조가 없는 것이 현실이다. 지역 공연 예술계는 더 말할 것도 없다. 볼만한 온라인 공연 콘텐츠를 만들기 위해서는 많은 재원이 필요하다. 모두가 '나훈아 콘서트'와 같은 콘텐츠를 만들 수 있는 것은 아니다.

판은 짜졌지만 거대 기획사나 문화자본들의 놀이터나 사냥터로 변질돼 빈익빈 부익부를 초래할 가능성이 있다. 유명인이 출연하는 공연이 스트리밍 시장에서 상대적 우위를 점하게 되면서 비주류 예술가들이 예술계에서 배제될 수도 있다.

정부나 지자체 차원에서 공연 예술 디지털플랫폼을 구축하고 공공 스마트 공연장을 확충하는 등 관련 인프라를 구축할 필요가 있다. 적은 예산으로 공연 콘텐츠를 제작할 수 있는 환경을 조성하고, 완성된 콘텐츠와 관객이 만날 수 있는 통로를 제공하는 등의 노력이 필요하다.

급변하는 공연 예술 생태계의 지속가능성을 위한 기반 구축이 필요하다. 공연 예술인을 위한 재난기금을 조성하고 적시 지원이 이루어져야 한다. 아울러 공연 예술 위기대응 매뉴얼을 개발하고 공연예술계의 사회적 안전망을 구축하는 것이 시급하다. 예술가들이 디지털 환경을 활용할 수 있는 적절한 교육프로그램을 운영하고 보상체계를 마련하는 일도 병행되어야 한다.

끝으로 공연 예술인들도 문화가 상품으로 유통되는 현실을 직시할 필요가 있다. 상품으로 비유하자면 공연 예술은 생필품보다는 기호품에 가깝다고 할 수 있다. 그만큼 소비자(구매자)의 지갑을 열기가 쉽지 않다. '밥만 먹고 사는' 무심한 고객을 탓하기보다 그들이 선택할 만한 공연 콘텐츠를 시장에 내놓아야 한다.

공모사업 심사에 참여했을 때 지원자가 한 말이 기억에 남는다. 한 심사위원이 홍보비 편성액이 다른 지원자에 비해 적은 것을 지적하면서 홍보 전략을 물었다. 지원자의 답은 간단했다.

"콘텐츠의 퀄리티가 최선의 홍보입니다."

맞는 말이다. 공연 방식과 상관없이 수준 높은 공연 콘텐츠는 입소문을 타게 마련이다. 입소문만큼 효과적이고 강력한 홍보는 없다. 관객들의 입소문을 탈 만한 공연 콘텐츠를 만들어야 한다.

예루살렘 광기

2012년 세계철학치료학회에 참석하기 위해 네덜란드를 방문했었다. 어떤 목적이든 해외여행은 마음 설레게 마련. 발표와 토론을 해야 하는 다른 일행과는 달리, 단장이었던 나는 업무협약 체결과 학회 개회 참석 정도의 일정만 소화할 예정이어서 부담 없는 해외 나들이였다. 학회가 열리는 장소가 암스테르담 근교여서 머무는 동안 시간을 쪼개 고흐뮤지엄과 암스테르담 국립미술관을 둘러볼 계획까지 세웠던 터라 기대가 컸다.

　출발하던 날 서둘러 출국 수속을 마치고 탑승 게이
트 앞에서 일행들과 수다를 떨며 탑승 시간을 기다렸
다. 순간 놀라운 광경이 연출됐다. 탑승 시간이 다가오
면서 모여든 승객들 대부분이 등산복 차림의 여성들이
었다. 해외 관광지에서 등산복 차림을 한 우리나라 단
체 관광객을 만난 적은 있었지만 규모가 비할 바가 아
니었다. 한 아주머니에게 물으니 주변에 있던 사람들
이 동시에 들뜬 목소리로 대답했다. 산티아고 순례단
이라고. 남쪽 어느 지역의 교회연합회에서 함께 떠나
는 순례단인데 여행사 말로는 역대 최대 규모이고, 기
간은 한 달이라는 둥 보충 설명까지 했다.

　부러웠다. 한 달씩이나 집을 비울 수 있는 그들이
몹시 부러웠다. 형편도 형편이지만 고양이·개·닭 등
짐승들 수발도 들어야 하고, 손바닥만 한 하우스 안에
서 자라는 잔치열무·얼갈이배추·쑥갓 등속의 채소에
물도 줘야하는 내 처지로서는 일주일 정도의 해외 나
들이도 엄두 내기가 어렵다. 떠나려면 다른 사람들에

게 신세를 저야 하는 데 쉬운 일이 아니다. 법정 스님께서 필요한 것 이상의 소유를 경계하라고 하셨지만 몇 마리의 짐승이, 몇 고랑의 채소가 필요한 만큼인지 나는 알지 못한다. 내 보살핌과 손길을 필요로 하는 소소한 것에 매여 사는 것을 필부의 지락쯤으로 여기는 중생으로서는 짐승들과 채소를 포기하기보다는 여행을 훗날로 미루는 것이 마음 편하다. 그래서 그들이 마냥 부러웠다.

귀국한 후에 산티아고 순례를 다룬 영화 몇 편을 감상했다. 영화를 보면서 언제가 될지 모르겠지만 나도 한 번쯤은 내 발로 걸을 수 있을 때 아내와 꼭 산티아고 순례를 하겠다는 기약 없는 다짐을 혼자서 했다.

예루살렘 성지순례가 유행처럼 성행했던 적이 있었다. 내가 다니는 성당에서도 신부님과 함께 예루살렘 성지순례를 다녀온 신자들이 여럿 있었다. 대개 신앙심이 깊은 신도들이었지만 성지순례를 다녀온 그들의 모습은 더 예수님을 닮아서 온 것 같았다.

한번은 신자도 아니면서 예루살렘 여행을 다녀온 동

예루살렘 광기

184

료가 장미향이 나는 묵주를 선물로 건네면서 우스갯소
리를 했다. 예루살렘 성지에서 있었던 일이라면서 그
럴 듯하게 이야기 앞자락을 깔았다. 영화로 말하면 '실
제 사건을 다룬 영화임' 내지 '이 영화의 이야기는 실
화임' 정도의 멘트이었겠지만 별 기대 없이 들었다.
'어떤 노부부가 예루살렘 성지순례를 하던 중 아내가
갑자기 죽었다. 인솔자가 이곳에서 화장하면 비용이
적게 들지만 주검을 한국으로 이송하려면 경비가 많이
난다며 화장을 권했다. 남편이 잠시 고민하더니 돈이
들더라도 고국으로 이송하겠다고 했다. 이유인즉슨 예
루살렘에서 장례를 치르면 죽은 아내가 부활할까 두렵
다고 했다.'는 이야기. 이미 오래전에 인터넷에서 보았
던 시즌 아웃된 레퍼토리였다. 웃자고 한 이야기지만
가슴이 허전했다.

한때 시오노 나나미의 『십자군 이야기』를 읽고 예루
살렘에 꽂혔었다. 언젠가 초청강연회에서 김탁환 작가
가 한 말이 마음에 와 닿았다. 김 작가는 『불멸의 이
순신』을 쓰기 위해 전역한 다음날 낚싯배를 전세 내어

두 달 동안 이순신 장군이 왜적을 물리쳤던 전적지를 샅샅이 답사했다고 했다. 그리고 출판사에서 선 인세를 받아 이순신과 임진왜란을 다룬 책을 2백만 원 어치를 사서 책상에 쌓아두고 공부한 후에 작품을 썼다고 회고했다. 작가는 소설은 머리로만 쓰는 것이 아니라 발로, 공부로 쓰는 것이라고 자신의 창작론을 강조했다.

'예루살렘 완전정복'을 목표로 『예루살렘 전기』·『예루살렘』·『예루살렘 광기』·『지도로 보는 이스라엘 역사』·『구약·신약성서』 등을 꼼꼼히 읽었다. 한 권씩 차례로 읽어가면서 예루살렘에 대한 생각이 경외심에서 의구심으로, 의구심에서 환멸로 바뀌었다. 예루살렘에 대한 환상이 사라졌다. 아니 버렸다. 스필버그 감독에게 보냈던 갈채도 거둬들였다. 리들리 스콧 감독의 영화 『킹덤 오브 헤븐』을 감상한 후로 종교의 이름으로 행해진 어두운 역사에 눈을 떴다.

몇 권의 책을 읽고 습득한 지식을 밑천으로 '예루살렘을 성스러운 도시기도 하지만 동시에 맹신과 편협한

예루살렘 광기

이상이 판을 쳤던 도시'라고 결론 내리는 것이 가당치 않을 수도 있겠다. 하지만 예루살렘을 '종교의 도살장'이라고 한 올더스 헉슬리나 '죽은 자들의 군대에 에워싸인 해골'이라고 한 멜빌, '성벽에 둘러싸인 시체 안치소, 납골당'이라고 한 플로베르 등 대가에 비하면 후한 평가이리라.

『예루살렘 전기』의 저자 사이먼 시백 몬티피오리는 성전산·요새·다윗성·시온산·성묘교회와 같은 예루살렘의 성지들은 "글자를 지우고 그 위에 다시 글을 쓴 양피지나 비단실로 겹겹이 짜서 이제는 분리가 불가능한 자수 작품"에 더 가깝다며, 오늘날의 예루살렘 성지는 다른 종교에 속해 있던 것을 빌리거나 훔친 것이라고 일갈했다. 그의 말대로라면 성서의 내용도 예루살렘에서 있었던 사실을 기록한 것이 아니라, 유대 민족이 그들과 그들이 섬기는 신과의 관계를 강조하기 쓴 왜곡된 기록일 가능성이 크다.

앨런 커닝햄의 예루살렘에 대한 평가는 더 통렬하다. 그에게 예루살렘은 '조악하고 무미건조한 돌무더기들

의 도시', '온통 샤일록들뿐인 도시', '2천 년간의 비인
간성·불관용·저속함이 퀴퀴하게 쌓여있는 도시', '흉
측하고 끔찍하고 아귀다툼을 벌이는 거지들로 가득한
도시'일 뿐이다. 커닝햄은 이스라엘의 건국을 가능하게
했던 시온주의를 '완전히 비정상적이고 이성적인 치료
에 반응하지 않는 유대인들의 심리가 동반된 민족주의'
라고 비판했다. 이스라엘 민족이 들으면 불쾌하겠지만
건국 이후 이츠하크 라빈 재임 시절을 제외하고 이스
라엘이 국제 사회의 골칫거리로 등장한 역사를 돌이켜
보면 크게 빗나간 평가는 아니다.

유대교, 기독교, 이슬람교의 뿌리는 같다. 그럼에도
각각의 종교가 고집하는 예루살렘이라는 장소와 그에
대한 관념이 마치 가연성 화학물질들처럼 뒤섞여 예루
살렘은 오늘도 위태롭다. 유대교·기독교·이슬람교를
막론하고 신이 자신들에게 성스러운 땅을 약속했다고
믿는 신앙인들은 그 신성한 땅에서 신성모독을 자행하
고 있다. 그들은 자신들의 방식대로 재구성한 예루살
렘의 모습이 진실이라고 확신하고 있지만, 실제 예루

예루살렘 광기

살렘의 진실을 아는 이는 거의 없다. 그들은 경전의 이름으로, 종교의 이름으로 예루살렘의 진실을 왜곡하는 일에 몰두하고 있을 따름이다. 심각한 논란의 여지가 있는 대상에 대한 확신은 광기이며, 끝없는 갈등의 원인이 될 뿐이다. 끊임없는 보복의 악순환의 고리를 끊기 위해 종교가 본연의 모습으로 돌아가고 선한 신앙인들이 나설 때다.

세계화 시대의 당면한 질문은 '타자성을 용인할 수 있는가?', '차이의 존엄을 인정할 수 있는가?'가 되어야 한다. 종교도 예외가 아니다. 이제 종교는 평화를 안착시키는 데, 평화의 필수 조건인 정의와 자비를 널리 확산하는 일에 나서야 한다. 그 길은 말 그대로 십자가를 지는 고행일 수도 있다. 평화를 외치는 자는 공동체 내에서 때로는 변절자라는 비난을 받을 수 있으며 배신자로 낙인찍힐 수도 있다. 링컨·간디·마틴 루터 킹·사다트·이츠하크 라빈 등의 죽음이 입증하듯 평화를 위해 위험을 무릅쓴 사람들은 너무나 자주 암살을 당했다.

평화를 추구하는 일은 일종의 배신행위로 비칠 여지
가 있다. 평화에는 정당방위니 국가의 영광이니 애국
심이니 자부심이니 하는 분명하면서도 위압적인 이슈
가 난무하는 전쟁만큼 순수하고 명쾌한 구석이 없다.
전쟁은 '우리(아군)'와 '그들(적군)'의 구분이 분명하
다. 반면에 평화는 서로 손을 내미는 행위여서 누가
'우리'이고 누가 '그들'인지 분명하지 않다. 이처럼 평
화는 심각한 정체성의 위기를 수반한다. 자아와 타자,
친구와 적의 경계를 다시 긋거나 허무는 일이기 때문
이다. 우려되는 점은 대부분의 종교가 정체성 문제에
매우 민감하게 반응한다는 것이다. 이러한 점이 세계
를 위험한 상황에 직면하게 만든다. 정체성은 쪼개고
분리하는 것이다. 우리와 다른 사람들을 만들어 내는
과정이다. 흔히 종교는 불에 비유된다. 불은 따뜻하게
도 해주지만 태워버리기도 한다. 종교인들이 그 불꽃
의 관리자가 돼야 하는 이유다.

오늘날 사람들은 종교 갈등이 빚어내는 폭력이 일상

예루살렘 광기

이 돼버린 세상에서 불안하게 살고 있다. 근본주의로 무장한 신도들은 종교적 증오심에 따라 행동한다. 천국에 들어가는 수단으로 기꺼이 자살폭탄테러를 감행하며, 대상을 가리지도 않는다.

사람들이 하느님의 이름으로 혹은 신성한 대의의 이름으로 폭력을 행하고 있는 마당에 믿음을 가진 자들이 그저 수수방관할 수는 없다. 갈등과 폭력을 정당화하기 위해 종교를 끌어들일 때 모름지기 신앙인이라면 반대 목소리를 분명히 내야 한다. 정치 권력과 손잡은 종교 권력이 신앙을 전쟁의 대의로 사용한다면, 그에 반대하며 평화의 이름으로 호소하는 목소리도 내야 한다. 종교는 그것이 해답의 일부가 되지 않으면 문제의 일부가 될 수밖에 없다.

인류 역사를 되돌아 보건대 인간에게 제가 사는 나라를 뛰어넘어 인류 전체를 바라볼 수 있게 처음 가르친 것은 종교였다. 모든 종교가 선의로 믿음과 경전을 공유하면 평화가 찾아올 것이다.

종교가 갈등의 원인이 되는 이유는 배타성·편협성

·정체성 때문이다. 각각의 종교가 유일성(신)을 고집할 때 갈등은 깊어진다. 하느님의 유일성은 다양하게 숭배될 필요가 있다. 차이의 존엄은 종교적 이념 그 이상이다. 보편의 신학뿐만 아니라, 차이의 신학도 필요하다. 차이의 존중이 공존의 길이다. 차이가 전쟁으로 이어질 때는 쌍방이 모두 패배한다. 거꾸로 차이가 서로의 삶을 풍요롭게 할 때는 모두가 승리하는 것이다. 히브리 성경에서는 '이방인을 사랑하라'고 서른여섯 번이나 언급하고 있다.

인류가 동일한 신앙을 믿게끔 이교도와 전쟁을 벌이고, 자신들의 특정한 관습을 타자에게 강요하여 하느님의 의지를 실현한다는 생각은 제국주의와 닮아 있다. 근본주의는 제국주의와 마찬가지로 하나의 신앙을 모든 인류에게 강요하려는 폭력이다. 세계화 시대에 종교는 근본주의와 결별하고 평화의 전도사 역할을 해야 한다. 평화의 토대는 통일성이 아니라 다양성이기 때문이다.

12세기 유대계 사상가 모세스 마이모니데스는 신의 '단일성'을 숫자의 범주로 보는 관점에 반대했다. 그는

예루살렘 광기

신의 단일성이 강조하는 것은 개체가 아니라 합일이라고 역설했다. 신이 하나라는 의미는 이사야가 말했듯이 '이 백성의 하느님은 모든 백성의 하느님'이라는 뜻이어야 한다.

리들리 스콧 감독의 「킹덤 오브 헤븐」에서 주인공 발리안이 예루살렘으로 가기 위해 메시나 항구에 도착했을 때, 성직자들이 예루살렘 탈환을 위해 출정하는 십자군에게 '이교도 학살은 죄가 아니라고, 천국 갈 선행'이라고 폭력을 부추기는 장면이 생생하다.

하니 아부 아사드 감독의 「천국을 향하여」에서 자살 폭탄테러 임무를 부여받은 두 청년에게 알라신이 모든 것을 보상해줄 것이라며 폭력을 사주하던 지도자의 모습도 생생하다.

이벨린의 한 장군이 발리안에게 '신앙은 믿을 게 못 된다며, 폭력의 광기를 주의 뜻으로 합리화하는 자가 많다며, 너무나 많은 살인자의 눈에서 광기 어린 신앙을 보았다'고 고백하면서 '약자를 돕는 선행만이 참된 믿음의 모습'이라고 하던 말이 기억에 남는다. 이슬람과의 공존을 위협하는 십자군 지도자들에게 외롭게 맞섰던 티베리아스 경은 최후의 일전을 목전에 두고 예루살렘을 떠나면서 "예루살렘은 내 전부였어. 모든 걸 받쳤지. 허나 깨달았네. 신은 핑계였을 뿐. 이 전쟁의 목적은 영토와 재물이었어."라고 소회를 밝힌다.

예루살렘 항전을 앞둔 절체절명의 순간, 발리안은 겁에 질린 백성들을 향해 외친다.

"예루살렘엔 로마가 무너뜨린 유대사원이 있었고, 이슬람 사원이 그 위에 세워졌다. 뭐가 더 신성한가? 통곡의 벽? 이슬람 사원? 예수의 무덤? 뭐가 더 소중하지? 우열은 없다. 모두 다 소중해."

맞는 말이다. 모두가 소중하다. 예루살렘 성지순례를 떠나는 모든 신앙인들이 순례에서 돌아올 즈음에는 차이에 너그러운 신앙인이 되어서 돌아온다면 세상은 지금보다 더 살만한 세상이 될 것이다.

요한 바오로 2세 교황의 뒤를 이은 교황들이 과거 가톨릭교회와 성직자들이 저지른 반인륜적인 행위를 고해하고 사죄하는 모습에서 희망을 본다.

국내에서도 종교 간, 종파 간 화해하는 모습을 볼 수 있다. 최근에 사찰에서 크리스마스에 아기 예수와 트리 모양의 연등을 만들고, 교회에서 부처님 오신 날에 축하행사를 하는 것을 보노라면 마음이 흐뭇해진다.

인문학 실천운동가인 김경집은 그의 저서에서 '주기도문'을 살짝 비틀어 기독교인들의 신앙을 풍자했다.

"하늘에 계신" 하지 말아라. 세상일에만 빠져 있으면서.
"우리" 하지 말아라. 너 혼자만 생각하며 살아가면서.
"아버지" 하지 말아라. 아들로서, 딸로서 살지 않으면서.
"아버지의 이름이 거룩히 빛나시며" 하지 말아라. 자기 이름을 빛내기 위해서 안간힘을 쓰면서.
"아버지의 나라가 오시며" 하지 말아라. 물질만능의 나라를 원하면서.
"아버지의 뜻이 하늘에서와 같이 땅에서도 이루어지소서." 하지 말아라. 내 뜻대로 되기를 기도하면서.
"오늘 저희에게 일용할 양식을 주시고" 하지 말아라. 가난한 이들을 본체만체하면서.

제3부 수필의 경계를 넘어

"저희에게 잘못한 이를 저희가 용서하오니 저희 죄를 용서하시고" 하지 말아라. 누구에겐가 아직도 앙심을 품고 있으면서.

"저희를 유혹에 빠지지 않게 하시고" 하지 말아라. 죄 지을 기회를 찾아다니면서.

"악에서 구하소서" 하지 말아라. 악을 보고도 아무런 양심의 소리를 듣지 않으면서.

"아멘" 하지 말아라. 주님의 기도를 진정 나의 기도로 바치지 않으면서.

일전에 우리 집안 사정을 잘 알고 있는 선배가 아직 결혼하지 않은 우리 아들 중매를 자청했다. 불혹을 바라보는 아들의 결혼 문제가 숙제였던 터라 기쁜 마음으로 흔쾌히 부탁했다. 얼마 되지 않아 좋은 배필감이 있다며 연락을 해왔다. 집안도 아버지가 대학교수인 교육자 집안이고, 나이도 서너 살 아래고, 직업도 전문직이고, 사진으로 본 인물도 마음에 들었다. 그런데, 종교가 달랐다. 그것으로 없던 일이 돼버렸다.

박찬욱 감독의 「친절한 금자씨」에 나오는 금자의 명

예루살렘 광기

대사 '너나 잘 하세요'가 기억난다.

여보세요. 차이를 존중하라면서요. 조그만 것도 실천하지 못하는 주제에 말이 많아요. 당신이나 잘 하세요.

크!

찰리 채플린의 연설

　'코로나 19'의 기세가 꺾일 줄 모르면서 국민들의 인
내가 한계에 도달한 것 같다. 조금 더 기다리면 나아
지리라는 희망도 없다. 정부의 대처방식을 두고 정치
권이 갑론을박을 하는 사이에 많은 사람들이 사지로
내몰리고 있다. 일부에서는 정부의 방역정책을 두고
'코로나 독재'라고 핏대를 세우고 있다. 30년 넘는 세
월 동안 군사독재정권의 어두운 역사를 감내해야 했던
국민의 한 사람으로서 다시 소환된 '독재'라는 말에 섬

뜩함을 느낀다.

무아마르 카다피, 사담 후세인, 아돌프 히틀러, 베니토 무솔리니, 폴 포트, 모부투 세세 세코, 이디 아민, 니콜라에 차우셰스쿠, 슬로보단 밀로셰비치, 장-클로드 뒤발리에, 페르디난드 마르코스, 호스니 무바라크, 풀헨시오 바티스타, 안토니오 데 올리베이라 살라자르, 알프레도 스트로에스네르, 김정일 등등. 20세기 이후 사망한 독재자들이다.

이들은 몇몇을 제외하고 공통적으로 비참한 최후를 맞이했다. 국민들에게 축출되어 죽임을 당한 자, 망명지에서 죽은 자, 자살한 자, 도피 중에 죽은 자, 수감되어 재판을 받다가 죽은 자들이 많다.

이들 대부분은 공통적으로 한때 국민들의 전폭적인 지지를 받았었다. 국민들의 희망이요, 절망과 좌절에서 국민들을 구할 적임자로 추앙받았었다. 국민들의 환호에 취하고 권력의 단맛에 취한 것일까. 시간이 지나면서 이들은 여론에 귀를 닫고, 국민들의 염원을 외면하고, 임기가 끝나도 권좌에서 물러나는 것을 거부하고,

법질서를 무너뜨리고, 나라를 사유화하고, 원칙과 정의
를 외면하면서 스스로 파멸의 길을 선택했다.

전직 대통령들이 줄줄이 구속되는 어두운 역사가 반
복되고 있다. 법 앞에 만민은 평등해야 한다. 권력자도
잘못하면 처벌받는 것은 당연하다. 완벽한 제도라고
할 수 있지만 법치는 존중돼야 한다. 모든 통치 행위
는 법 테두리 내에서 이루어지는 것이 바람직하다. 정
치적 결단을 빙자한 권력자의 초법적인 통치 행위가
반복되는 것은 민주주의의 근간을 흔들고, 결국은 독
재의 길로 들어서는 것이다.

1940년에 개봉한 「위대한 독재자」는 평화를 사랑하
는 평범한 이발사 찰리와 세계 정복을 꿈꾸는 악명 높
은 독재자 힌켈이 펼치는 코미디 영화다. 영화는 나치
독일을 상징하는 가상의 국가 토매니아를 배경으로,
아돌프 히틀러를 풍자한 캐릭터인 아데노이드 힌켈과
나치를 희화화한 쌍십자당을 통해 나치즘을 신랄하게
풍자하고 비판한다.

찰리 채플린의 연설

찰리 채플린은 감독·제작·각본·음악은 물론 두 주인공인 찰리와 힌켈 역을 1인 2역으로 완벽하게 소화함으로써 배우로서 놀라운 창의성과 천재성을 보여 주었다. 「위대한 독재자」는 국내에서도 1988년과 2002년에 이어 2015년 4월에 재개봉 되어 영화 팬들의 사랑을 받았다.

「위대한 독재자」라니. 제목부터가 역설적이다. 독재자 앞에는 대체로 부정적인 의미의 관형어가 오는 것이 일반적이다. 찰리가 힌켈로 오인 받아 군중 앞에 서서 한 연설 내용을 보면 이러한 궁금증은 자연스럽게 해소된다. 약 6분 동안 이어지는 찰리의 연설은 풍자의 압권이다. 연설의 내용은 여러 면에서 링컨의 연설을 연상시킨다.

생전에 히틀러가 「위대한 독재자」를 보았는지는 분명하지 않지만 나치의 '필름 아카이브' 가운데 '희곡 캐릭터 선동영화' 항목 제 15242번으로 남아 있으며, "총통에 반항해 만들어진 최악의 작품"이란 평까지 달려 있는 것으로 미루어 보았을 가능성이 크다.

찰리 채플린은 '할리우드 10'과 함께 매카시즘의 광풍에 맞선 영화인으로 알려진 인물이다. 채플린은 평화를 해치는 애국주의 위험성을 경계했다. 채플린의 눈에는 범죄 조작·언론 탄압·미디어를 이용한 선동이라는 측면에서 매카시즘은 나치와 다르지 않았다. 채플린은 파시스트와 공산주의자의 활동을 조사하는 '비미활동위원회'에 협조하지 않았다. 채플린은 작품을 통해 노동자의 참상과 미국 사회의 부조리를 희극적으로 고발했다. 그는 세계 영화 팬들의 사랑을 받았지만 미국의 보수층과 기업가들에게는 눈엣가시였다. 채플린은 자신의 영화를 홍보하기 위해 1952년 영국으로 출국한 후 당국의 입국 거부로 귀국하지 못했다. 미국 정부는 입국 거부 형식으로 채플린을 추방한 것이다.

제71회 아카데미 시상식에서 미국 영화 발전에 기여한 영화인에게 수여하는 공로상 부문 수상자로 엘리아 카잔 감독이 호명되었다. 영화감독 마틴 스콜세이지와 배우 로버트 드니로의 부축을 받으며 단상에 오른 엘리아 카잔은 참석자들의 환영을 받지 못했다. 객석의 많은 동료들이 침묵을 지켰고, 일부는 관심 없는 것처럼 행동했으며 더러는 자리를 떴다. 동료들과의 연대감이 강하고 칭찬에 후하기로 소문난 할리우드에서는 보기 드문 장면이었다.

「욕망이라는 이름의 전차」·「워터 프론트」·「초원의 빛」·「에덴의 동쪽」 등 영화사에 길이 빛날 작품을 남긴 감독이자 극작가이며, '액터스 스튜디오'를 창설해서 제임스 딘·말런 브랜도·내털리 우드 등 유명 배우들을 길러낸 엘리아 카잔에게는 어울리지 않는 홀대였다. 하지만 이유가 있었다. 매카시즘 광풍이 몰아칠 때 카잔은 월트 디즈니사의 창업자 월트 디즈니, 미국의 40대 대통령을 지낸 로널드 레이건 등과 함께 동료들을 공산주의자로 밀고한 전력을 지닌 인물이다. 카잔의 배신행위에 충격을 받은 아서 밀러는 매카시즘을 비판하기 위해 세일럼의 마녀재판을 소환하여 희곡 「크루서블」을 남겼다.

엘리아 카잔보다 27년 앞선 제44회 아카데미 시상

식에서 공로상 수상자로 찰리 채플린이 호명됐다. 채
플린은 행사에 참여하기 위해 추방당한 지 20년 만에
미국 땅을 밟았다. 영화제에 참석한 모든 사람이 일어
나 채플린을 반기며 환호했고, 그가 수상 소감을 밝히
는 동안 단 한 사람도 의자에 앉지 않고 뜨겁게 손뼉
을 쳤다.

아카데미의 역사를 조명할 때마다 단골 소재 등장하
는 찰리 채플린과 엘리아 카잔 두 인물의 극적 대비는
1950년대 초반에 미국 본토를 휘몰아쳤던 매카시즘의
폭거에 대한 두 사람의 대응방식이 낳은 결과다.

「위대한 독재자」에서 찰리가 한 연설은 채플린의 연
설이나 다름없다. 연설의 앞부분을 비틀어서 통치자들
에게 들려주면 좋겠다는 짓궂은 생각을 해본다.

'미안합니다.'라고 말하지 마라, 미안해하지도 않으면
서.
'나는 황제가 되고 싶지 않습니다.'라고 말하지 마라,
권력에 눈이 멀었으면서.

찰리 채플린의 연설

'누군가를 다스리고 싶지 않습니다.'라고 말하지 마라, 지배할 궁리만 하면서.

'가능하다면 모든 사람들을 돕고 싶습니다.'라고 말하지 마라, 편을 가르고 남의 것을 탐하면서.

'유대인, 기독교인, 흑인, 백인, 그 모든 사람들을 돕고 싶습니다.'라고 말하지 마라, 이단자를 양산하고 제 민족만을 돕고 사랑하면서.

'남의 불행보다 행복을 빌고 싶습니다.'라고 말하지 마라, 남을 시기하고 불행에 빠뜨릴 음모를 꾸미면서.

'우린 남을 미워하거나 경멸하지 않습니다.'라고 말하지 마라, 남을 미워하고 경멸하면서.

국회의원이건 시·군 의회 의원이건 우리나라 정치인들은 해외연수를 무척 선호하는 모양이다. 코로나19가 창궐하고 있는 엄중한 시기에도 이런저런 명분을 만들어 해외 관광명소를 찾는다. 그들에게 국내연수 과정을 만들어 '찰리 채플린의 영화「위대한 독자자」를 감상하고 A4용지 3장 분량으로 감상문 제출하기'와 같은 과제를 부여하면 좋을 것 같다.

활자 포인트 10. 표지 만들지 말고 제목을 적은 다음 한 줄 비우고 이름을 쓰고 또 한 행을 비운 다음 바로 본문을 시작할 것. 줄 간격 160. 영화 줄거리 요약은 전체 분량의 30%를 넘지 않도록 할 것. 찰리의 연설 내용을 참고하여 자신의 정치철학이 분명하게 드러나도록 작성할 것 등(보고서 점수는 의정활동 평가에 반영하고 그 결과에 따라 의정 활동비를 차등 지급할 예정임. 이상)을 덧붙여서.

아프리카 고원지대에 사는 스프링고트라는 동물이 있다. 건기 내내 굶주리던 이 동물들은 봄이 오면 연한 풀을 먼저 먹기 위해 무리를 지어 들판을 가로지르며 광란의 질주를 하다가 집단으로 절벽 아래로 떨어져 죽는다. 인솔자 격인 한 놈이 앞장서서 달리면 나머지는 영문도 모르고 따라가다가 멈추지 못하고 집단 투신하듯 추락하는 것이다.

무리를 절벽을 향해 내닫게 이끄는 스프링고트형의 지도자가 통치하는 나라의 국민들은 불행하다. 중세 때 페스트가 유럽 전역을 휩쓸 무렵, 사제들은 사람들에게 페스트의 공포로부터 벗어날 수 있도록 교회에 모여 기도할 것을 권고했다. 결과는 참혹했다. 페스트가 더 빠른 속도로 전파되어 희생만 키웠다.

스프링고트형의 지도자가 출현하는 것을 경계하기 위해서라도 국민 모두가 성숙한 시민의식으로 깨어있어야 한다. 대부분의 독재자들은 한때 국민이 선택한 지도자들이었다. 독재자들은 정치적 제노비스 신드롬의 효과를 즐기며 주인을 무는 개처럼 국민을 겁박하는 것이다. 정치적 무관심이 독재를 키운다는 것을 상기해야 한다. 우리 모두 독재자 힌켈을 풍자한 평범한 이발사 찰리가 될 때, 독재는 사라진다.

수필을 위한 반성문

초판 인쇄 | 2021년 12월 25일
초판 발행 | 2021년 12월 31일

지은이 | 이 대 범
펴낸이 | 조 승 식
펴낸곳 | (주)도서출판 **북스힐**

등 록 | 1998년 7월 28일 제22-457호
주 소 | 서울시 강북구 한천로 153길 17
전 화 | (02) 994-0071
팩 스 | (02) 994-0073

홈페이지 | www.bookshill.com
이메일 | bookshill@bookshill.com

정가 12,000원
ISBN 979-11-5971-418-4

＊이 책은 강원도·강원문화재단의 후원금으로 발간되었습니다.